长安寻马

张怀帆 著

一个小镇人的诗歌地理

长江出版传媒　长江文艺出版社

目 录

延 安

那么那么长的影子，绕过多少弯
还是来到我的住处
繁星一样的颂歌，包围着我
每一枚都会成为
我胸前的别针

在一个黎明的早晨，当我醒来
我看见星辰已经散去，而延河就在我身边
静静地流淌
我是枣园第多少个看客
那些沉默的窑洞，像一些安详的长者
不再说话
宝塔把夜晚最后一缕光
投向我
那时，我在街道上
已看不清长长短短的倒影
二水三山
幽幽的羌管或者嘹亮的小号
都已听不到回声。我如果是歌者
身上却无一把像样的吉他

我打的路过

王家坪　杨家岭　桥儿沟，直到南泥湾

我只能挥一挥手，再挥一挥手

在一个也许留有体温的地方

我躺下来

任凭瓦蓝瓦蓝天空的照耀

我身边的谷子

在脆脆地生长

延 河

现在，我静静地坐在河边
这是秋天的下午，树叶像时间一样
一页页凋落
宁静的河水，绕过时光的村落
只留下高高的岸，和深深的
河床

我不想从一棵棵同样宁静的树那里
打听曾经峥嵘的往事
颂歌像金黄的落叶一样叠起
又在哪个夜晚
静静地褪色或深沉
没有喧嚣的流水，不像奶奶的絮叨
从远处来，沉默着
走向更远

轻佻地翻起那一页，并引以为豪
也许是我的浅薄和误解
我看见河水泛起
宽容的笑窝

贫穷而听着风声
一条河流，只留给我
一个背影
在河岸，我会老去
而河水还将流着
夕阳把一河流水
缓缓收起。坐在岸边
我已看不清水里的倒影
只听见身体里涌动的
水声

宝 塔

几百年了，他就那样

站在那里，独立的姿态

让我心存敬畏

并一次次仰望

也有多情的人还在梦里

双手搂定。这样的单相思

总让我感到轻佻

作为一个走进历史深处的伟人

作为一个时代的背影，或者仅仅作为

一座城市的魂

当一座桥

一次次去映衬，并被广泛复制

那些概念化的定影

其实多么单薄

扮演形象大使，或者一张城市的名片

我不知道这里面的误解

有多深

有时，和众多的人一样

我也像韩东，在塔下指一指风景

甚至还会写一点到此一游的小文
或者骂几句时下的豆腐渣工程

我相信，更多的时间
他是寂寞的。就像我相信
有一种高度，高过
灵魂
拂去尘埃，走在河边
我常常张望，仿佛张望
彼岸的塔

枣　园

红色的果实从枝头落尽
冬日的阳光以雪为鉴
把整座园子豁然打开
主人早已搬到远处，甚至远方
窑洞却空着，并且会永久地空着
夏暖冬凉

我不知道是太阳还是雪的光芒
是雪还是蓝天的圣洁
那些朝圣者——南来的都已北往
在一孔窑洞前
我背立着一棵枣树苦苦地想
明明是一座空空的园子
却为什么没有丝毫荒芜感
恰恰是我那串歪歪扭扭的脚印
像我拙劣的诗行
成为破坏和践踏

这有点像上帝的那座园子
我却找不到一枚喧嚣以外的禁果
更有哪片叶子可以遮挡我浅薄的羞涩

园子空了
园子却永在
能得到雪
却永远不要指望得到雪光

这样的园子
也许本来不宜开放
就像高山上的雪
只供人们
以心张望

小 米

小到最小
却又大到最大
这些平凡的粮食
曾救过虚弱的中国

秋天，我看见一垛一垛的谷堆
沉睡在田间，多么沉默
这些中国作物
金黄的穗
也许该嵌在国徽里

麻雀飞来飞去
谷垛上，阳光丰收
这样平凡的日子
在蓝天下多么美丽

只有鸟儿和农民
会把小米悉心珍藏
我手持一枚谷穗，走过陕北
我不知道，还能不能深情地问候
养育我的父老乡亲

和脚下的土地

像一粒小米
卑微却又健康地活着
身子是一把草
却永远保持阳光的颜色

有座小城叫太阳城

你来，你一定来
乘着世界上最小的飞机来
坐着单轨火车逶迤来
沿着新修的高速路穿山越河来
也可以踩着自行车跟着蜜蜂来
骑着毛驴一路唱着慢慢来

我在枣园红枣摇曳的树下等你
王家坪的土炕上已摆好了热腾腾的油糕
杨家岭的窑洞里金黄的小米饭已蒸熟
南泥湾的院子里南瓜汤正在飘香

走，我们先去黄帝陵拜一炷香
然后去壶口临岸听涛
原版的安塞腰鼓当然不能错过
运气好，路上还能碰到空降的信天游
和绝版的掏肝掏肺的唢呐
你要喜欢吃醋，最好是吴起的醋
甘泉的美水酒也不错
当然最好要数志丹的荞面饸饹羊腥汤
心爱的人一辈子会与你死死活活相跟上

桥儿沟，凤凰山，柳林
瓦窑堡，杜甫川，七里铺
你要不忙，你就慢慢地转慢慢地看
最后，我要带你去一个地方——宝塔山
我们一起倚着栏杆，晒一晒
世界上最纯净的太阳

枣园的红枣熟了

一颗红枣熟了
五角星闪闪亮了

一枝红枣熟了
红军四面八方来了

一树红枣熟了
穷人翻身得解放了

满园红枣熟了
祖国的江山红遍了

一颗红枣熟了
先让阳光品尝

一枝红枣熟了
摘下来大家尝尝

一树红枣熟了
发散到全国尝尝

满园红枣熟了
出口到世界品尝

南泥湾的花篮

春风抹动琴键
满山摇曳花树的乐浪
一脚掉进南泥湾的琴箱
看不见蜂的琴师
只听见工厂酿蜜的轰鸣

蝴蝶换了新衣衫
摇响野花清脆细碎的铃铛
哪个仙子沿着蜿蜒山径
追逐太阳东躲西藏的小镜片
遗落一路蘑菇伞

山回路转，鸟鸣隐约在背后
面前，铺开稻田新翻的泥浪
一条炊烟，拴住
一座桃花溪水的村庄

离开南泥湾
见花喜鹊绕树三匝
对杏花桃花取舍不定
而我决定要做一只蜜蜂

嗡嗡嗡，去干
甜蜜的事业

延河绕过我的小镇

太阳走在半坡伸个懒腰
花喜鹊喳喳飞过上空
拉开小镇的一天

手推车的罐馍热情四溢
肉夹馍店的香气穿街走巷
卖红薯的大爷，开始出炉烫手的作品
红风车旋转着悠悠飘过
挑担的货郎嗓子清亮
篮子里的土鸡蛋在花头巾下羞怯躲藏
鞋匠的榔头把日子当当敲响
卖凉皮的女人，低头调出酸甜苦辣的生活
修表的人，埋头校正着小镇经年的慢板时光

夜晚，星辰的锦被轻覆小镇婴儿安憩
我在一间小屋的灯前铺开素笺
听见延河熟悉的问候和
妻儿翻身的呓语

小米粒

我住在小米粒大的小镇
小米粒大的瓦房
颜面上小米粒大的黑痣
把小米粒大的秘密珍藏

我仰望小米粒大的星星
闪耀小米粒大的光
俯视小米粒大的蚂蚁
把小米粒搬进我窗下的洞房

我怀着小米粒大的情爱
小米粒大的梦想
我的生活有小米粒大的疼痛
小米粒大的蜜糖

我坚信小米粒的金黄
小米粒的香
死后愿做小米粒被麻雀衔走
种在陕北向阳的山坡上

其实，地球在宇宙里

也只是一颗小米粒
安静地，闪着
小米粒的光

你好，延安

八角帽安静为起伏的山峦
皱褶，把红色的往事折叠
延河边饮马的人，背影已远
军号声，也凝固在一座宝塔之巅
那些沉默的窑洞，像安详的长者
不再指点江山
但每一年秋天，红五星还在枣树上摇曳
每一个夜晚，枣园的灯光还在亮起
深情的怀念
只要手指触到延河的探针
胸口，就会播放繁星闪闪的唱片

但是，延安！
今天，我更爱你嘉岭山升起的启明星
杨家岭早晨的山岚
街市上，时装辉映笑颜
二水里，倒映绿装三山
爱你小米粒大小的机场，降落波音航班
彩虹卧波的大桥和开往省城的动车
宝塔的指针，接通壶口的心跳
清凉山的电波，发射小城的春天

你好，延安！
我的太阳小城
我爱你黄土的质朴、小米的金黄
阳光一样的思想和信仰
让我怀揣着爱和小小的梦想
安静地行走在世上

我想有一个枣园

我说的不是那座枣园
但我喜欢这个名字
我是枣园的主人，但不是地主
园子里有枣树，但不是两棵

我喜欢枣树细碎的花朵
春天里细碎的淡香，像细碎的日子
我喜欢枣树的筋骨
冬天里绕树三匝的飞雪
在一颗刺上站稳，生活有多深的疼
就有多厚的甜

我会在果实摇曳的夜晚
静看满天繁星
在雨后的园子里听风
我当然不会出售红枣
它们多半被我的邻居松鼠摘走
留下的，也只为在我倚树而睡时
把我轻轻砸醒

现在我告诉你，园子里的枣树共有七棵

刚好呈北斗形状
我知道一棵树到另一棵树的距离
和刻在树上的秘密
也认识了常来的鸟儿和蜂蝶
但我叫不出它们的名字

是的，枣园是静谧的
像史铁生的地坛
或者，还有点像
上帝的那个园子

只有喜鹊会唱《南泥湾》

周末的路上
一车人合唱着《南泥湾》
一对俊男俏女
一会儿假扮夫妻识字
一会儿假装抡起镢头
兄妹开荒
每个人脸上都绽开花篮
写意成陕北的好江南

到了南泥湾
发现格外安静，山绿天蓝
只有一只花喜鹊在树梢
翘起尾巴喳喳欢迎
下车的人，有人拍照
有人摆造型

一个大妈从山上下来
披着一身土
她说刚从山上种树回来
问她会不会唱《南泥湾》
她摇头，面露憨厚的笑容

问她村子为什么这么安静
她说多数人都外出打工

窗花吉祥的老家

那一年我娶妻回乡下过年
我家窑洞的土炕上
挤满了笑眯眯打量的奶奶、大娘
窗外围了一群七嘴八舌品头论足的孩子
看得我妻子害羞脸红手足无措
我只是一个劲儿地问候、发糖
妈妈也兴奋地看上去比以往年轻

好像我娶回一个大明星
小山村好像迎来一个节日

过年的几天
我俩被挨家挨户请去吃饭
饱嗝都是米酒的香味
妻子也似乎有了酒瘾
每天早晨从鸡鸣声中醒来
看见窗花轻盈，躺在身边的妻子
像山里的公主

走的时候，来了一群人送行
他们拉起我妻子的手，竟有点留恋

有人向包里装梨、苹果
有人往兜里塞核桃、红枣
还有人送来绣了福字的鞋垫

妻子骑上一头毛驴
我看见她回头告别时
嘴角抽动，眼里迸出泪花
走出村时，我远远地望见
山脚下安静地躺着的祖坟

清凉小城

天空撒着几粒碎银
我来到清凉小城
清凉的石头小街
刮着清凉的小风
清凉的行人，有着
清凉的眼神

我路过月下一条清凉小河
河面闪过星星点点清凉的光影
岸边一棵沙枣树，挂满清凉的小果实
河中一尾鱼，跳出清凉的声音

我坐在街头清凉的亭子中
听到街道另一头
高跟鞋敲击街道清凉的响声
清凉的脸庞，清凉的眸子
清凉的胳臂，清凉的裙
她清凉的呼吸，覆盖了整座
清凉小城

信天游

果子藏在树里
藏不住香
打碗碗花打不了
巧手手里的细碗碗
榆树钱钱招了一树蜂
香过墙头的钱钱饭
只等一个人

羢牛牛花开
不在山沟沟
不在圪梁梁
在眉梢梢
在舌尖尖

鞋垫垫薄挡不住针
指头蛋蛋的疼比不过人想人
白脸脸屋檐下低着
谁的心跳得
越来越紧

露水地里的妹子

松鼠摘下杜梨树上
最后一颗浆果
山菊花也悄无声息地收起
寂寞的灯盏

信天游举高蓝天
田野打开，一只兔子偷走
一棵草叶的珍珠
太阳的毛眼眼
把谁走失的梦扎疼

露水地里的妹子
抚着一株葵盘
低下头的羞涩和热烈
是什么打湿了她的
红鞋

一只鸟儿安静的翅膀
驮不走山里的秘密
炊烟柔软
鸡叫三声的时候

月光悄悄打开谁
虚掩的门闩

荞麦地畔的饭罐

荞麦花染红山梁
是蜜蜂的嗡嗡还是
树梢的风

野兔子在路边
回头望了一望
又望了一望
尾巴给谁捎着一粒
礼物

小路空得能听见
咳嗽声
谁新留下的
俊俏的鞋底印

喜鹊子飞过
丢下一根羽毛
不知道是什么
喜讯

地畔，两只鞋看守着

饭罐还热气腾腾
满山找不见
人影

背洼洼的地软

天的女儿
地的女儿

在一粒青草
还是一星山花下
避雨
躲过谁辣辣的目光

花一树一树地开
雨细细斜斜地织

谁的手轻轻覆在
一只捡地软的
手上

红纽扣

灼人的红宝石
在掌心耳热心跳

人面桃花的红纽扣
羞答答在路口

鲜草莓的红纽扣
一点樱桃小口

知冷知热的红纽扣
忠诚一滴血的温度

夜晚走丢的红纽扣
轻信了一根银针的草率

春风掀动衣衫
谁又能把春天抱牢

苦菜花开了的时候

你不要去碰
白格生生的手
也不要问今年秋天的露水
又打湿了谁的红鞋

打碗碗花儿的铃铛
再不会是你的信号
沙蒿蒿林里
谁的泪蛋蛋莹莹地亮

白羊羔子　黑羊羔子
痴痴地不吃草望什么
白脸脸不会再掉过来
不要招一招手
你走你的路

大红果子剥了皮皮
还得煮上榆钱下上米
苦菜花开了的时候
谁的心尖尖
被针猛挑了几下

壶口八拍

1. 到壶口，不写一首诗对不住黄河

写什么呢，有关壶口
我不比一只躺在河岸的羊皮筏子
一头常年行走在岸边的毛驴
一棵临河腰身曲折的枣树
知道得更多

但是，会弹琴的在巨石按动了琴键
会打鼓的在滩上舞动了腰身
会摄影的在空中做了航拍
会开车的，还驱车飞过壶口头顶

我只会写诗
就想，不写点什么对不住黄河
但我只想写一句：
来到壶口
最好保持沉默

2. 黄河之黄

站在壶口边，我感到巨大的眩晕
让我的目光掠过湍流，溯流而上
看见黄河的上游和源头
看见波光粼粼，肥美的鱼儿
跳出水面，面色红润的母亲
在红枣摇曳的树下，撩起衣襟
哺育婴儿

黄河！
从什么时间、什么地方变成黄色？
我看见一只苍鹰，驮着烈日
穿越亿万年黄沙，而静默无语
我看见一尾草鱼
在浊黄的水里，披着泥沙
穿过千山万岭，而隐忍无声
一只羊的尸体，在黄河里转世成船
河边裸露的卵石，铺成银河
长风万里，铁蹄踏破明月山关
而鸡鸣狗吠，一星煤油灯
传承百世星火
高粱两岸，糜谷两岸
婴儿牵着老人之手
走进唢呐和鼓声

一河黄汤

是千年的乳汁，万世的脐带

只有来到壶口

才听到了心脏

在这里，皮肤里的黄

血液里的黄

命里的千转百回，成为

千年一叹！

千古一唱！

站在壶口边

我不再觉得河水暴戾

让挟沙带泥的水滴扑心铺面

一头是清澈的源头

一头是蔚蓝的大海

背负苍山碧天的黄河

深沉且深情的黄蔓延身心

让我完成身份的体认

并获得一生的能量

3. 当壶口以古窑为笛

壶口岸边，有一排不知年岁的古窑

蜘蛛和燕雀成了新的主人

我靠近的时候，似乎还能从一块块残垣中

听到壶口惊涛撞击的回声

这里曾住过一些什么样的人？
他们日日枕涛而眠
应该也有狮虎气魄
他们的梦里，是不是
驾驭一匹壶口般的野马
在大风黄尘中驰骋？

他们因为什么离开这里？
一场突如其来的铺向天际的大水？
一场暴雨般密集的招安的枪声？
或者，仅仅是壶口岸边的
一尾死鱼的讯息？

他们去了哪里？
在黄土地的背脊上，
在枣树旁的土窑里？
他们扶起了犁铧，
把死羊做成筏子？
把想象中的野马，
驯化成听话的小毛驴？

但他们不会再也听不到黄河的涛声
当满月的夜晚
壶口，以他们丢在岸边的窑洞为笛

他们内心会起怎样的彷徨？

4. 在壶口，最好沉默

壶口边弹琴的郎朗
翩翩青年，当他舞动琴键
胸中是不是汹涌的湍流
但黄河未必听见了他的琴音
如果有什么乐器可以叫开黄河的耳膜
我想，应该是通天入地的长号
或者掏肝掏肺的唢呐
燕尾服和西洋乐器
都不适合黄河，至少不适合壶口

从壶口头顶上飞车的柯受良
黝黑的中年男人，当他开足马力
飞出一条弧线
胸中是不是暴烈的惊涛
但黄河未必看见了他的飙车
如果有什么勇敢可以让黄河一叹
我想，可以是翻江倒海的木质单桨
或者桀骜不驯的羊皮筏子
汽车和摩托
都不适合黄河，至少不适合壶口

在壶口岸上打鼓的一群人

红高粱的脸膛，树桩的腰身
当他们飞挪腾跃
每个人身上好像都携带着一个壶口
他们的身子舞动成黄河的浪
鼓点敲成壶口飞溅的泥点
但他们汇聚起来，最多发现了壶口
他们还没找到黄河

我因此想，郎朗
只是一个琴手，还不是艺术家
柯受良也只是一条汉子
还不能算英雄
而打腰鼓的人
是一群山民，也算不上
黄河之子

我遇到一个八十岁的老人
他一辈子就住在壶口岸边的一孔窑洞
他对我虔诚地说
黄河，是一条神河
在壶口，最适宜的行为是
沉默

5. 假如有人要跳进壶口

在壶口前，作为一名石油人

我想起那个汹涌激荡的创业的泥浆池
王进喜用身体搅拌了一池泥浆
把中国贫油的帽子甩进太平洋
他的胸中，的确装得下一个壶口

但他不可能是铁人
他的一声吼，地球也不可能抖三抖
甚至，不会比壶口的声音更大
他跳进去的，毕竟也不是壶口
他有条件跳，没条件创造条件也不能
跳进壶口

现在，假如有人学习王进喜
准备纵身跳进壶口
我会觉得他脑子出了问题
不光是，现在不是一个跳壶口的时代
更因为，人可以有崇高的勇敢冲动
也可以伟大，但人一定要知道
壶口里，有比人更伟大的存在

6. 胸中，一壶波澜

扑面的，是万年惊涛的黄色飓风
站在河岸，胸腔里
是什么重重的撞击？
为什么，每一次站在壶口岸

就觉得在一寸寸变老

东岸为晋，西岸为秦
碧天苍山，日月流转
有哪一块巨石
可以让一个人站稳
肃然观涛

逝者如斯
又有谁能站在高岸
傲首背手
把一壶波涛
收于胸中

7. 民间想象，在壶口边杜撰一个爱情故事

此岸为秦，彼岸为晋
中间是狮吼虎啸的壶口
此岸，一个拢羊肚手巾的后生
在半坡放羊，唱着信天游
彼岸，一个穿红袄绿裤的女子
在红枣摇曳的树下，一针一线纳着鞋垫儿
他们在隔岸相望中
发现对方

信天游唱起，姑娘就从窑洞走出

他们互相招手，日复一日
终于有一天，他们跑到壶口边
这相距最近的地方
喊出了自己的爱恋
但此后，小伙子的羊
一只只变成羊皮筏子
姑娘门前的红枣
一颗颗变成相思的眼泪

年复一年，姑娘再也听不见信天游
迎亲的唢呐吹吹打打走进村庄
姑娘从花轿里夺命逃出，扑向壶口
这个时候，对岸的信天游嘹亮响起
壶口上方，缓缓升起一弯拱桥

这样想时，我把自己当成那个掉进壶口的小伙
不停地向对岸招手
渴望有一个女子喜出望外地认出
没有呼应，我有些失望
但我看见了壶口上方的彩虹
——那座曾经升起的桥

8. 壶口三拜

一个月里三次前往壶口
一次晴天丽日

一次细雨渐渐沥沥
一次耳旁的风，在苍劲地吹

一个月里三次来到壶口
一次看见瀑布
一次看见黄河
一次看见了中国

一个月里三次坐在壶口边上
一次听见惊涛咆哮
一次听见河水穿过苍黄群山
一次听见逝者如斯

一个月里三次站在壶口高岸
一次土尘扑面
一次风卷衣衫
一次像一块岩石，哑默无言

一个月里三次离开壶口
一次身体里涛声汹涌
一次额头多了一条皱纹
一次走起路来，变得安静

一个月里三次想起壶口
一次在照片里
一次在行走中
一次在半夜醒来

北上，陕北之北

一截土长城上的风

风把榆林城吹凉
站在一截土长城边
一只歇翅的鸟儿
在古往的夕阳里，比我的沉思
陷得更深

这不像镇北台扫过来的风
更不似红石峡的婉转
或者榆林古城的清凉

这是北方以北的风
比时光更远　更辽阔
携带着几粒沙子
把我的孤独轻轻
打疼

头盔或图章

镇北台打开天空辽阔的蓝

在高处，风翻动旗帜
和我的乱发

沙尘暴一样围攻而来的千军万马
都被击溃成四分五裂的红柳
只剩镇北台，像一顶凯旋将士的头盔
呼啸着历史的回声

手搭住阳光
远处，一截隐约的明长城
镇北台很重，我很轻
仿佛一粒沙子，一不小心
就会被风掳走

向下走时，我看见一缕阳光
安静地穿过城门
我把耳朵贴在墙上
听见无定河
安宁地流淌

沙漠，现在更像一卷宣纸
镇北台是一枚
图章

从扶苏墓前的小路走过

疏属山上，柠条花细碎地黄
仿佛淡远的怀想
我在一条长满荒草的小路上
停了又停
几千年前的一个人
多希望只是一个传说

来的时候，无定河一直
默默地跟在身边
现在，我不敢再来到河边
我害怕听到命运的
一声长叹

在红石峡日光浴

榆林城割面的风
在红石峡成为
割面的阳光

水！
多少沙里的金
才换作这里的一滴水
沙漠的女儿

榆林城的玉手镯

历史和人生的苍茫
都可以安顿下来
躺在沙滩上
暖暖我的身子和
心

走时，身上哪里带了一粒
我的身心，从此会闪耀
一粒沙子的光

在黑龙潭想念水

眼里的水滴
命里的干旱
在黑龙潭，我的渴
是一座高原的渴

再苦，也苦不过一座大山
黑龙潭的潭，只是岩缝里
一滴救命的水
养活着子民湿润的信仰

阳光敲得骨头疼痛
谁来驱走我眼里延伸的干涸

让一棵草，把根抓牢
让一滴眼泪，喜悦地流出来
不被风抢走

过米脂城

米脂城　米脂城
我连唤你的声音都变得温柔
米脂城　米脂城
你又怎么会知道我的多情
小米粒一样大的米脂城
究竟藏着多少个貂蝉一样的俊女子
连花也养不旺的米脂城
为什么养得女子水灵灵

车过米脂城
我把玻璃使劲摇下来
把头迫不及待伸向窗外
多么希望有一个女子惊喜地回过头说
看，他多像李自成

榆林豆腐

桃花水做的身子
盛在陶瓷盆清亮亮的
桃花水里

面色白净
像榆林街道的女子
身段柔软

我举起筷子
又有些迟疑
我不能问妻子，该问谁
我要不要交
桃花运

西安之春

多么想随风
潜入你的夜晚

春风剪刀裁出的
杨柳腰身
春韭睫毛遮住的
杏花红晕

床前的明月
隔世的妹妹
我清清的心湾
一尾半坡的鱼

在青青的客舍
我手执灞桥的新柳
染满驿站
长长的愁

我梦里的古典爱情
长安不眠的街灯
明晨醒来
又知多少花开

西安之夏

西安的夏天是烦闷燥热的
西安的夏天是无聊倦怠的
西安的夏天是不可救药的
西安的夏天死气沉沉昏昏欲睡地
漫长

太阳运筹着旺盛的力比多火苗
炙烤尘埃和云层裹成的穹庐
钟楼撒开网
像一只闭着眼老谋深算的蜘蛛
仿佛城市哪一个神经
都能扯动那口半死不活的钟

车排着蝗虫的方阵蠕动着
从东门　西门　北门　南门
吞进　排出
无精打采的桐树轰鸣着
没完没了声嘶力竭的蝉

大雁塔板着严肃又高深莫测的脸
絮絮叨叨念着一本正经

满街都是烤煳的欲望的气味
嗓子干着身上却黏糊糊地湿

走到哪里，都仿佛要碰到
堵得喘不过气
围得严严实实密不透风的
墙

夺路而逃？
兵马俑早已布好
阻击的方阵

西安之秋

叹息般的落叶
面容枯黄的落叶
欲哭无泪的落叶
结满无边愁怨萧萧而下的
落叶

穿透城墙的风
叩击着长安的朱门
失血的落叶
跌进深深的草木
我还能听见一千两百年前的
咳嗽

肠子热着
血热着
眼泪一次次被风吹凉
一生都在奔走与登高
却永远是无枝可栖的
落叶

大雁塔瘦瘦地

站在风里
那只盛浊酒的杯子
还空空地倒悬在
钟楼里

西安之冬

洋洋洒洒的雪
狂放不羁的雪
倾泻而下醉了的
雪

搬倒五千年酒坛
打翻玉液琼浆的杯盏
诗的蝴蝶
飞满盛唐的天空

长安之雪
铺开素笺
城墙围砚
华清池研磨
挥起大雁塔之笔
书写山河日月
一个飞白
扫倒秦陵千军万马
钟楼之印，在乾坤之间
訇然落定

那个醉倒的人
已成华山
长筒靴溅起的雪
还在落
落
落

西安，地下铁

悬铃木的落叶次第飘下

慈恩寺摇响秋天渺远的檐铃

清晨，秋蛩集体噤音

渭水涨了，但水面安静

行船，是昨夜梦中的事情

不会有朱阁绮户和竖写的小楷

雁阵不再传书，但秦岭之上

想来该有几行风筝

酒巷不深，主人依稀有秦俑容颜

酒碗尚余古风，临窗

把秋日的一个下午

坐深，坐得孤独

回时，钻进去坐地铁

向下，恍若历经唐汉秦周

旧朝的街市和幽魂，止在土里

还是独自繁华

一列穿城而过的器物

能载得动几许烟华和旧梦

钻出地面，仿佛披了一身

隔世的尘埃，街上的移动物

有陌生的面孔

西安，没有月亮

乌鸦哑默地栖息在老城墙上
钟楼的钟，由一只老蜘蛛看护
护城河的淤泥泛绿，一只蚂蚁
可以轻易完成偷渡
这座城的哪里，还深藏着
一本正经
不要以为这是一座老死的城
应有尽有
政府大楼，银行，城铁，商贸大厦
岗哨上，一支闪着寒光的枪
市长，蚁族，男欢女爱
残疾人面前的钵里，一枚孤独的硬币
但是，你会发现少了一样
比如在中秋之夜
到处是琼楼玉宇，金浆美酒
甚至很容易找到宫阙，找到朱阁绮户
你尽可以举杯把酒
临风，起舞
但是你就是发现少了一样
或者是城徽
或者是一座城市的
心脏

在西安，寻找一匹马

渭水生寒。如果我能幸福地飘零成一枚
西安的落叶。可这是冬天
我提着自己单薄的影子，穿过厚重的霾
压低的街道，在人群里寻找丢失的

瘦马。我的骨头里起了北风的声音
一重一重茅，卷成汽车的背影掠过
原想是一棵棵空枝刺向凄清的天空，可它们
歪斜着盘根错节的身子，一张张阴沉而狡黠的

脸。太阳远远躲在霾的背后，像一个龌龊的
铜匠，没有雪，没有雪，只有喧嚣和我心中
一寸一寸结冰的沉默。可我为什么还要在
茫茫的人群里找？那一声马的

长嘶。在哪里，我能赊一碗浊酒？
最后一枚银币，在我长衫的衣袋里
开始生寒，我还有多少体温，呵护
裹藏在深处　闪着荧光的

马蹄铁。一匹马迷失在了长安

可我相信，它还在顺着我的方向艰难
归来。它的鼻息，它的长长的鬃毛
低下的头和忧郁的眼
当我疲惫地靠向一堵暗黑的墙
为什么像搂紧了我的瘦马的脖颈一样
忧伤

一只蚂蚁穿行在西安老城墙

它是不是在找出口？一只蚂蚁
在围城里旁若无人地爬行
这灰暗的广场，无涯无际的黑沙漠
蚂蚁知不知道自己的瘦小？

是的，它只能穿行在城墙的底部
因为它曾在半腰跌了下来
差点被风掳走，而它又不能离开墙
面前是人流和汽车翻滚　咆哮的洪浪

正如我想的，它停下来用触须抓耳挠腮
它在思考，甚至努力抬起头颅
随后掉头，转了一个圈
又往前走

就这样把自己走成了一个黑瘦的影子
走成了沉默，没有借蜜蜂的一桶蜜
没有借蝴蝶轻盈的翅膀。它会不会有一天深夜
在风平浪静的时刻，爬上城墙
看到一望无垠的万家灯火

可我突然有些紧张
它也许是在雄心勃勃地进行着
愚公的浩大工程，在某一个阳光明媚的
春天早晨，看见城墙
轰然倒塌

西安，一种乐器叫埙

一圪垯黄土附着了幽魂
仿佛从墓室里袭来的风
或者是远古的边关
或者是一片月下的坟地

在长安，后半夜
我总会醒来，耳朵中了巫术
幽幽地，听到埙
声音一定是从幽幽的城墙
单线接通我的耳道

不会再有其他人，连城墙上的红灯笼
也早已睡意蒙眬
西安是个埙，四方的城竖成洞口
我听到的，是天上的风在吹奏

这个时候，我希望城墙走过来
一个打更的人
或者钟楼哑了多年的大钟
轰然自鸣

西安无雪

城墙阴着脸。头顶是霾。
在西安，总会想起一块又笨又重的砖
也阴着脸，恨恨地。我的脚跟
无法绕开。它击中了

我的忧郁。穿行在风里
我需要一副套子，并竖起衣领
与唐朝隔绝是一件困难的事情
密得不透风的城墙，包围的霾

我因此需要一场雪，铺天盖地
不要毛茸茸的雪花
要那种沙子一样坚决、硌面的雪粒
不是稀释我的忧郁，是把我裹藏的内心

敲击。打疼。擦拭。清洗。
我已厌倦长安厚方的砖
我怎么能搬起来砸散头顶的
阴霾。在长安
不适合在大街上谈情说爱
适合躲在城墙下
一个人饮酒

西安之霾

西安的霾，古铜色
比晚霞灰暗。像帝王墓室
锈迹斑斑的金缕玉衣
割面的风，有墓室逼过来的
寒气

在冬天，十三朝古都苏醒
开始呼吸，十三层土尘搅在一起
浮散，遮天蔽日
成为浑浊的霾

生命不过是一粒土尘
但被谁搅动？是平民的生息
还是刀戈剑戟的叫嚣声？

我无可避免地染上长安冬天的忧郁
是哪一朝代的土尘，吸入我的肺里
还是混合在一起压向我的背

我怎样能把尘埃咳出去
把它从身体里抖落？

尤其是，怎样在许多年后
成为一粒尘埃，但不落入另一个人的
身体？

介绍西安有些吃力

我无法简单地说，长安
是三秦大地的一片楼房
因为它是陕西的省都
或者西部的心脏

我无法简单地说，长安
是西部的心脏
因为它有时还被看做是秦
或者更响亮，唐

我无法简单地说，长安
是中国的唐
因为对于西半球
它可能还代表东方

但我是不是可以这么说
一边指着一张地图
这里是风刮不进来的秦岭
这里是兵马俑，这里，这里，还有这里
都是遗址、墓葬
长安，就是这里
四四方方、有厚厚城墙的地方

冬天不宜去西安

我去年来时头顶的霾
今年还在，并且浓度在加重
风吹不散。这是唐朝的遗迹
另一堵厚实的城墙

我见了几个友人，他们都像
秦俑。握手。喝酒。沉默寡言。
我爱的一个女人，自从来到古城
就失去了音信

灯火幽暗，生命像一缕烟一样
沉重。飘散。无话可说。

在长安，做穿山甲是幸福的
心怀一方光亮
开掘，沉默地搬开一块块砖头
但是，正在开凿的地铁
还是在城墙的下面转圈
十三层砖头，离哪一层更近
会少一些咳嗽

是因为太想念唐朝

便把唐朝丢了

找不到西安城的出口

一团霾
堵在我的胸口

风在城墙上，摇晃着红色灯笼
一群歌舞升平的醉汉
我挨着墙根走，想找一个
出口

走了很久，想找一个台阶
爬到城墙上，听一听
也许不一样的风声
但，始终没找到入口

走入围城，我像一只失去方向的
蚂蚁，看见一面酒旗在飘
走进去，迎来一个身着黑色棉装的
秦俑，他翻着厚厚的嘴唇对我说
没有我要找的出口，城外是淤泥深深的
护城河，再远
就是铺天盖地的霾

我已疲惫，要了一老碗酒
把自己弄倒

西安无诗

潼关失守，一堆隔朝的将士灰头土脸
囚于一室，无力回天
终南山，樵夫、炭翁都外出打工
一个大窟窿，穿身而过，四季兜风
咸阳琼楼玉宇，早为灰烬
每天在把一疙瘩一疙瘩铁放飞，收回
北望，不见鸟影，何处引弓角猎
惟余铜川漫天席卷的煤烟
八水何在？渭水日瘦，泾河渐浊
休闲之群攒动，不见三五子垂钓泛舟
灞桥，成为一个高速路牌
多有狂飙竞车，无人一步一送折柳
大唐芙蓉园作芙蓉姐姐之态
大明宫也待妆即将打扮出笼
大雁塔身披华灯，早不专心诵经
看一群水，扭动腰肢，歌舞升平
钟楼，每天被鲜花围拢，黄钟毁弃
再不闻钟声
四堵围墙，人皆可在城头摇旗吼喊
陷于胯下，早失尊严
长安，德槐遍街，法桐蔽日

已找不到一个青铜酒器的酒肆

墙下，摆弄着小里小气的古玩

秦腔，是自乐班的豁牙漏气，已无半点唐音

就是青楼女子，也不着丝绸

只会宽衣解带，不会顿首弄琴

星辰散去，唐朝以后的天空灰暗

长安城，据说还有一千个文人

却不见一首"唐诗"

流浪至此的我，最多也只有缚鸡之才力

羞不能跃马飞身

把长安花一日看尽

西安纪事

1

上了车，我对司机说
一直向南
热浪在袭击这个城市的时候
顺便袭击了我
她坐在我旁边
更像一座火炉令我不安

南二环，我渴望一个冷清的角落
释放积攒的能量
一家家咖啡店
却早被凑近说话的人们
占满

在餐馆，韩国人的料理
比我更周到
我和酒瓶静静坐在一边
她的嘴唇那样红润

歌厅是无聊的去处
她说，我们走吧
就把脚下
想象成唐朝的长安大街

从南门到太乙路
街灯，明明暗暗
仿佛我们的影子
只有一个人
看了她一眼，又看了她一眼
她永远是那么耐看

我沿着墙，始终
与她保持着一块砖的距离
她的脸洋溢着城市的光芒
这让我更加小心翼翼地
揣紧内心的秘密
生怕过往的车把它照亮

皮鞋跟敲击着路
像马蹄声
长安街上，哪驾马车
载过我今世的女人
护城河在身边流淌
拨开柳枝，就是新鲜的月亮
听一听我的心跳吧

哪位打更的人把它擂响

现在是汽笛声
是终点
我没有看到温柔的低头
和回首
只听见说
再见

2

送她到火车站
那是一年后的又一个
夏天

我知道她想家
远远胜过
想见到我

一块冰激凌
怎么能压住我心中的渴
却的确是那样冰凉

火车的嚣叫
揪住我的心
空空荡荡的回声

在我的胸里整整敲击了
一个夜晚

3

雨里，我看见了她的伞
在她发现我之前

城市还板着脸
雨已经浇透了我半个身子
等一辆好心的车
比等她还难熬

总算有一个大哥
拾起我的尴尬
一个小时，他带着我们突围
又一个小时，给了粉巷的一家餐馆

现在，又是南门到太乙的路
雨一样淅淅沥沥的往事
从两伞中流下
只留下一声风的叹息

路灯疲倦着眼
街道的镜子把影子
拖近又拖远

烟笼着城墙
在我胸中愈来愈堵

她说，好好珍惜
爱你的女人吧
就像最后的通牒
又仿佛惆怅的纪念

一辆车，在我跟前
把这个夜晚戛然刹住
她，已走远

我还手持着雨伞
这时，才想起
裹了裹，又裹了裹
单薄的衣衫

长安，雨夹雪

市政府的楼群在雾霭里
轮廓威严，更远处
北客站臂吊交织，一地蝗虫
地铁正在穿肠而过
这座城市，楼价一日日坚挺
城墙一天天黯淡　委顿

雨夹雪！相携的姐妹一路笑语
依偎的情侣，冰清玉洁
御风飞翔，在城市的上空
它们如何获得了心灵轻盈的秘籍
精灵的舞蹈，还是最后的绝唱
城市的奏鸣曲，还是挽歌

没有伞，竖起衣领
扑面的雪或雨滴
我要穿过这个街道，去巷里的一个小店
取一个滚烫的肉夹馍
我的物质主义，温暖这个冬天的早晨
我的精神主义

长安，一颗雪

肯定有一颗雪，生于秦岭山水

或者唐

它的重量，刚好能够飞翔而不致跌落

它先来到半坡，看见陶罐上的鱼还活着

越过瘦了的黄河，和潼关残垣

在临潼的一棵石榴树上短暂歇脚

有另外的雪片指给他看

骊山下华清池里杨贵妃的凝脂

但被兵马俑的呐喊打断，它望见一个躺着的人

脑门还没有冰凉

穿过渭水，它没找到行舟

听见一枚黄叶轻微地咳嗽

它去找炭市街、书院门、糖坊街、骡马市

只寻见遗址的铭牌号码，但在大型广告牌上

它看见了大明宫挑灯的宫女

问了路，来到大雁塔，没能听到诵经

见了曲江，被浓妆艳抹吓了一跳

赶快离开，它想钟楼应该是完好的

越过城墙，看见模样还算周正

但被翻修一新，闻到一种呛人的气味

钟楼变成一个矮人，化妆了五颜六色的油漆

那口黑着脸的钟，已成哑巴
现在，它只想找一家旗幡飘扬的酒肆
黑匾金字，方桌老碗，拴在树边的马
和举杯放歌、泼墨挥毫的长衫长髯
但它看见街上的人瘦矮，花花绿绿
又行色匆匆，便没了兴致
它向上飞，想飞离飞远
不料碰在了生硬的臂吊上
坠落下来，那时我正走在凤城五路
感到额头冰了一下，像针尖

长安的第一场雪

或如鹅毛，千里情意
或如梨花，满城晶玉
或如白蝶，翩然梦里
在我推开门的一刻，扑面惊喜

——这原是我的一厢情愿
实际上，如盐，裸于楼顶
如沙，嚓嚓割面
如雾，淹没天地
只露出冰寒袭目的一角

长安城的第一场雪
携带的是寒潮，冷和坚硬
被气象台预见、言中
它的到来，只为没收
满城没有被北风摘尽的枯叶
宣布严冬君临

麻雀已不见踪影
我在长安的一座高楼里
凭窗眺雪，三百里外

我年迈的父母欣喜地告知
他们所在的小城，大雪扬花
可我知道，他们的小屋
还有五天，才能迎接迟到的暖流

叶落长安

一群黄叶，飞离渭水河畔
那些麻雀的背上，还驮着秋日
最后的阳光。它们渺小
挡不住时光的催促，被一河斜阳
缓缓收起

在长安，它们最先听到了
晚钟。第二天并没有霜降
但已是冬天。那道钟声
不是垂死的，却像命令
从心脏传遍神经末梢
阶上的落叶，有古城墙凹口
投过来的光

夜晚走在街上，一阵阵秋风
潼关的黄叶是否散尽
咸阳古道，也该铺满
有的一定还在飞，从灞桥
到曲江，到乐游原
而我思念的那枚红叶，可否还被
秦岭珍藏在某棵树巅

长安，促织声声

织，织，织——　急促地织
织郎顿首哭二胡
织女垂胸泣古筝

织，织，织——　急促地织
织终南山一抹秋风
织潼关一卷残云

织，织，织——　急促地织
织渭水一河寒烟
织唐城一街黄叶

织，织，织——　急促地织
织一声叹，白了李白长髯
织一滴泪，瘦了杜甫河山

织，织，织——　急促地织
织一地霜，送钟楼晚钟
织一片霞，别雁塔孤雁

织，织，织——　急促地织

织一袭月纱，远嫁唐朝
织一顶雪幔，葬别长安

织，织，织——　急促地织
织女的古筝琴毁
织郎的二胡弦断

长安乱

交织的臂吊，遍地的挑夫，
拎着一座座卖空的楼，赶急。
掘地三尺，翻出十三朝腐土，
穿山甲的铁螯，锋利，没有商量。
长安，已沦陷于尘霾之中。

深灰色的城墙下，谁在沽酒自饮？
更声早断，楼钟也已哑默多年。
马匹流散，在月下变老，低垂头颅。
街上，已不卖棉布和丝绸，
找不到一件适意长衫。

渭水高岸，晚风渐疾，
黄叶乱，纷纷投水。
一只掉队的孤雁，融进浑浊夕阳。
北望，梨花大雪，正赶在路上，
哪里凭栏，可观望长安
粉砌银装？

长安！长安！

蝉翼如铁，它们戎装如武士
隐于树间，按剑不动
等待一场暴动
长安的夏天暗藏杀伐之气
在正午，一拉就会引爆

秋天的风正从秦岭奔突而来
兵马俑也整装待发，渭水在月夜
悄悄生寒。谁看见了
长安街道的树叶，摇摇欲坠
只有城墙还黑着
一成不变的脸

掘地三尺，已分不清秦尘汉土，飞扬，飞扬
一截植入城市深处的地下铁，成为冷硬的肠子
大明宫埋在瓦砾之中，尘埃未定
将来的侍女挑着宫灯，叫卖中已听不到唐声
挖掘机在到处张牙舞爪，树木被一一伐倒
像忠诚守卫旧朝的烈士，躯体被扔往郊区
道路被铁皮切割，车子莽撞，人乱如蚁
市政府北迁，火车北站正在落成，北三环开通

人声鼎沸，夏天的热和楼房涨价怨声载道
水泥巨无霸不二法门
案板街炭市街糖坊街早已改弦更张
去鸡市拐骡马市此路不通去书院门请改道绕行

秋风起兮！越过潼关，越过咸阳古道
在一个残阳如血的黄昏，蝉们
纷纷为国捐躯，满城的树木
摇落旗幡，只有古城墙在一个新的早晨
在钟楼的钟声中，缓缓升起一盏
红灯笼

在长安小醉

街灯惝恍
这是西京还是长安
不太像沉香亭上的满月
或者大明宫里的灯光

佳丽三千
从身旁影影绰绰飘过
几杯淡酒
飘摇成一个唐朝的诗人
厚厚的城墙总跟在身边
像搀扶的人，生怕我颠倒

是谁给了我李白的马
我的身子，比马蹄更轻
或者是贾岛的毛驴
让我一再推敲刚才
是饮还是喝

朱门里的酒肉
怎么瓦解了我
路人，觉得我更像

潦倒的老杜

冬天钻墙的风
冻我的骨头
我要赶快回到房间
梦想一个长袖酥手的女子
轻轻地帮我脱去
长靴

在长安，看见月亮

错嫁的女子，面黄肌瘦
谁给了你一纸休书
把你遗弃在半空里
清贫地，身边没有一文星星的碎银

我在城墙边看见你，淹没进汽车的洪流
奄奄一息。我虽然形单影只
还有一个空酒瓶相伴
我原想对影成三，最后却只碰见
一堵黑魆魆的城墙

在西安一月，我为什么要一次次
来到城墙边？并提着一瓶酒做贴身
保镖。十三层，阴气太重
我会撞见哪一个游魂？我有一个
坚定的信念：要在城墙边
把顽固盘踞在我身体里的长安
驱赶！

可我看见你，又起了彷徨
如果你能降低，抵达城楼的一角

如果我能骑着一块唐朝的砖头

飞天

在长安路

一个人在长安路上走
不停，一直走
只那么一瞬
觉得像监狱里的逃犯

此前，我曾在城墙里走
也是一直不停
我原以为只是为了走出围城

风在空中旋转一片落叶
有点虐待的意味
我怎么能走
走出风

一辆卡车呼啸而过
像从我身体里挣脱的
野兽

长安，谁还在骑马

纵有一匹良马
也不学贾岛，春风得意
把长安花一日看尽
要像崔护，去探望去年的桃花
盼望比他运气好些
山居前，人面依旧笑春风

实际上，我只能
乘车来到南山，并且不打算采花
而是和一帮文朋酒友
吃农家乐，放肆地聊女人

有一瞬间，我从喧嚣中安静
窗外，一树生动的红杏
闪过一个骑马人的身影
仿佛置身的地方是杏花村
刮过来，长安的春风

长安，秋风渐起

我还一个人走在长安
在盲人道上，没有一条拐杖可以
引我回家。那个扫垃圾的老人
他的背在夕阳下更加佝偻
一条长长的街，在日落时分有些空寂
我的背后，秋风渐起
黄叶满街

两百天过去，岁末的雪花又会在哪一个黄昏
寂静地飘起？客居长安
哪一家酒肆会有熟悉的清香？
天气渐凉，厚衣衫还折叠在小镇家中的箱底
我的六十首诗，身子单薄，体温渐凉
长安已没有李白，也没有唐朝的月亮

秋天正走上半坡，窗外
哪一日会飘起鹅毛大雪
室内温暖如春
正好适合一家人饮酒，叙谈，其乐融融
是不是要等到年关，当妻儿惊愕地开门时
我站在屋外，身披风雪？

长安之雪

夜里你悄悄地来
衣袂飘飘，明眸皓齿
你冰凉的手，冰凉的身子
和呼吸

城墙上，新月已残
雁字回远，再不见岭外音书
只有你知道，长安城于我
是一座空城

亿万颗中的一颗
千年等待里的一回
天上掉下的妹妹，你的疼和甜蜜
是灯下的书卷还是桥头的瘦马

你离去时脚步轻缓，在醒来的黎明
日子又安静地浮出，却换了人间
你走后，长安城再也没有听到
暮鼓晨钟

长安别友

从 3 皇 3 家出来，肠胃中西合璧
这是城市少有的迷人时刻，新年的前夜
大雁塔广场的灯光，倒映在你
顾盼的眼池里

一身轻盈。我还在想 3 皇 3 家这个奇怪的名字
它已在背后，裹藏起冬天的温暖
你说小时候梦想当演员，胸前的围巾就跟着飘起
像一个剧情。而我开始局促
仿佛身边是一个影星

光亮像一截路的短暂。面前就是西影厂
爆竹屑四分五散，各怀升天的梦想
听说西影厂有点空寂
空气中爆竹的气味，掺着忧伤
久久不散
在西影路，送别你后
我突然觉得胡须疯长
络了两腮，走路的姿势
有点像一个风度翩翩的导演
一场雪，正急急赶来
就要纷纷扬扬飘下

长安拾叶

我叫你太乙山，隔着一池碧水
前世我是樵夫，伐薪烧炭
修得今世长安一名书生
只为来到这里，一遇红叶

天上掉下的妹妹
我该唤你樊素，还是小蛮
在掌心，在线装的书卷
在我贴胸的长衫

从此我青灯白卷
多了添香红袖
从此我才思泉涌
骑马在长安，纶巾羽扇

不要笑我的醉面绯颜
在太乙山，饮太白酒
哪个红叶酥手，可与我相牵
翩翩化蝶

长安，终南一梦

没有马，也没有毛驴
去翠华山，我乘车
沿高速公路
时人已熟走终南捷径

山巅一寺，僧人也许去采药
柴门虚掩。我不是来寻访隐者
只独坐，静看岭上
闲云渐远，红叶卓然

山下，碧溪绕舍，柿树挂灯
自报从长安来，一名书生
花一百元，可择菜洗米
下厨做饭。围坐共饮家酿
一只花猫求鱼，缠绕膝前

我非及第，亦未谪迁
只想一觉睡忘，到天亮
从此不再城里失眠
不料半夜即清醒
一两声远吠空旷
三五粒星子近窗

长安望家

独上高楼，在冬夜
长安城万家灯火
却似萤
打着灯笼，默默寻找
回家的路

在长安，想念一座小镇

我离开时，小镇的麻雀
自顾低低飞翔
许多树枝条柔软，含苞欲放
那条小河，依然兀自静静流淌
我走了，小镇还是原来模样
只是会有一个孩子，一遍遍
翻一本日历，计算日子
只是会有一个女人，一次次
从五楼，推开一扇寂寞的窗
我走了，小镇一定还是原来模样
但我还是想，有一棵树上的花朵
会等到我回到家门前的一刻
突然绽放

长安一年

楼间远近又起了炮声

有的绵长隐约有的干脆清晰

烟霭里的长安，麻雀提着身子

又瘦又黑，却仍有亮晶晶的瞳仁

房前，一只灰鸟已在树上筑巢

只看见飞的影子，听不到叫声

屋后，两只没有主人的猫形影不离

毛发不整，相依为命

长安一年，去曲江寻花

到灞桥问柳，明晓了通往终南的捷径

天上已不亮唐朝的满天星辰

地上也不遇李白一样的诗人

只识得了一个巷子，瓷碗的酒

斜阳和拖长的身影

长安一年，惯看了秋月春风和满街美女的冷脸

居大不易却淡然枯荣，谁会在某个长亭

执手，萋萋满别情

漫天飞雪，一座面容苍老的古城

十三朝的尘土落了一背，扑之不去

天地茫茫，谁在远处低声地

唤我

归 家

在所有的交通工具中，我最喜欢火车
飞机清高得有点身影孤单　云里雾里
汽车有些轻浮，斗牛一样鲁莽
想得见却望不见尽头的铁轨
刚好可以装得下我的寂寞和思念

在所有的铁道线中
我最喜欢西安—延安的旅程
我在西安城墙外的一个地方上班
偶尔喝酒，写诗，想起延安
小城边上，挑着我小小的家

在西安到延安的所有列车中
我最喜欢 T 字头的这趟
白净的床单，刚好适宜我半躺着看书
临窗的座，刚好适合我轻微地发呆

下车前，我喜欢把看过的书放在座上
并且相信会被下一位旅客拾起
一直传递，多年后又与我不期而遇

下了车，火车泊进港湾，很快安静
小城的灯，正次第亮起
趁着暮色，我拉着手提箱
不为人知，轻轻地穿过街道
远远地，就看见一盏灯
精神抖擞地亮起

临潼半日

小雨初歇，骊山出浴
有丰腴妩媚之态
从华清池过，池水犹温
欲涤足，恐染狐疾

休想逃离，即便输成光头
避之于石崖
也会被生活捉拿
更勿喜于称雄
秦冢之上，径幽林空
惟余蝉鸣

长恨歌，已被冲兑成一杯可乐
商业广告，狼烟遍燃
贵妃裸出半身回眸招浴
是否还可博褒姒一笑

生为书生，羞于一支秃笔
不及一把洛阳铲
陋巷青衫，三五诗友
一碗浊酒，还热于肠中

天地之间

秋风起兮，取道长安
沿途石榴侍女挑灯出宫
欲顺手牵一个红颜私奔
闻身后兵马俑追赶而来
喊声震天

邂逅苦木

休说那是太乙真人，那个在剧烈摇晃中
站稳了身子的人，最后孑然一身
2008 年以来，我已恐惧于谈起天崩地裂
但总有人会坚持到最后，成为旷古的
高度，废墟上的招魂之幡

一滩乱石！风洞还隐藏着暗伤
嗖嗖刮心，堰塞湖
我无法把它想象为天池
断崖上的裂缝，需要天长还是地久
才能弥合

毛黄栌如血，遍染山冈
八仙花也在某个黄昏凋谢
绣线菊颤巍巍地，一路祭奠
抚过一叶楸，走过一棵木槿
当我在岩缝里遇到瘦瘦的苦木
为什么像邂逅难兄难弟一样揪心

松鼠跃过嶙峋的巨石
夕阳把龙飞凤舞的题字抹得纷乱

明年，当终南春暖，我还要来
握手苦木上的一枝新叶

秋往濯心

把电脑关机，皮鞋收进盒子
这是秋天，松鼠跳跃着搬运松果的季节
抬脚走进终南，我热的身子
渐渐变得安静

翠华山一天，我在一间小屋里
安顿下来。鸟鸣的大早出门
树暗的晚间披星归来
此生，我已少了非分之想
山顶的浮云，岭上的红叶
都和我隔膜。在翠华山
我只是一个过客，但虔诚地
清洗眼睛，清洗嗓子，清洗肺叶

秋天正在加深，余生或许如风
敲响树林丰富深情的琴键
或许如一棵树，在落叶纷飞中
独自悄然

归去来兮，翠华山只是偶尔的驿站
在手机铃声响起的时刻，拾叶而返

隐于书卷，越过风雪季节
光泽闪亮，等待又一个春天

水泉村

灰喜鹊飞过林梢
拨动一团翠绿的波光
有的花在枝头嬉闹
有的在林子里静静地跌落

院子里，公鸡兀自打鸣
牛卧着闭眼反刍
两个碌碡，睡在散洒野花的麦场
一口生锈的钟，村庄安静的耳朵
悬在树的半腰惯听风声雨声

八百年的一棵皂角
结满一身豆子琐碎的村事
却哑着，叩一遍
再叩一遍，依然无声

修炼一千年，也只像山下的
两棵木瓜树，在每一个深秋
提着满身的铃铛
却从不摇响

我来了，水泉村什么也没多
我走了，水泉村什么也没少
只有远山的一只斑鸠
独自唱着，仿佛有轻微的惆怅

没想到去了水泉村

经过了一片墓地
草色青青，一股小风
把我的衣衫掀了又掀

花铺了半山，另外的半山
淹在雾霭里
从来不曾想要来这里
静坐　喝茶
看一朵云翻过远山

半日，一只斑鸠隐在林间
叫得寂寞

回头看水泉村，掩在
碧树里
一路想，肯定有一股鸣泉
藏在山中什么地方

延安的乌鸦

憨厚，憨厚到不会唱赞歌
不会说一句多余的婉转的废话
缄默，缄默成一片夜色
却驮着阳光和光明

落到哪里，哪里就
多了一种意味
飞过哪里，哪里就
多了一丝神秘

这样的鸟，该是天外使者
善和正义的化身
尽管有死亡的嗅觉
和黑色的预言

我看到的这只乌鸦
落在枣园的一棵枣树上
后来在宝塔山，又见到它
沉稳、孤单的背影
它的瞳仁里，应该是新版的延安
可我宁愿把它想象成地下革命工作者

它从我头顶飞过，只叫了一声
不像是伟人的讲话
像是鲁迅的呐喊

西安的燕子

钟楼的钟已暗哑了多年
夕阳涂抹在城墙上
护城河一半在阴影里
一半暗绿，纹丝不动

打更的人已远去
不见月色，月亮像一枚古铜色的钱币
红灯笼被经久的风吹着
有点像醒，有点像醉

街市上，有一个秦俑一样的人
走进旗幡不动的酒馆，用一种铜器
把自己放倒，长安街的落叶
又厚了一层

我常常想，我会在碳市街
碰到在南山伐薪烧炭的卖炭翁
在书院门遇到白衣飘飘的李白
当然，当然还有，在曲江的小酒楼
会有人低眉抚琴，轻声把我写的诗唱出
我常常想念一场大大的雪

飘过渭水，飘过辋川，飘过终南山
在我从某个晚上醒来的早晨
身边是一座爆竹悠长的雪城

在又一个杨柳青青的春天
我来到钟楼，我遇到的一对燕子
飞进飞出，像是从唐朝一直
住在这里

北京的喜鹊

那是在首都机场的高速路旁
白杨树身段姣好，像白领
首都广袤的蓝天，高远
透着庄严
那些静静坠落的黄叶
在湍急的过往车流之岸
漠然，保持着自己的节奏

枝头上裸露而出的喜鹊窝
与我反向滑过，像是奔赴在
进京的路上
它们也许是北漂一族的行囊
或者京城打工者临时的家
粗糙，却看上去温暖
在穿过林间的阳光里
有了变奏音符的美丽

树下的黄叶
铺就的是一条星光大道
还是闪闪发亮的碎币
主人大概不会在窝中睡眠

这冬日的早晨，我没有见到它们
道一声早安，却知道
它们在哪里唱着赞歌

春风又度金锁关

两山相关，耸峙的铁门
为谁把守着威严
一张阴云不散的脸

这些年，一次次提着心
过金锁关，拎紧越走越逼仄的
路，脊背发凉

金锁关。钥匙在谁手里
命运不知深浅
身子落进一线越深越亮的天
在暗夜，谁让我相信了
头顶的一枚星辰

金锁关。谁又能看清自己
内心的黑暗。守了一粒光
路上，需要自己取暖
需要偶尔侧听，高处的风
并在低处，自己把一滴泪水
饮干

金锁关。或一日
长门洞开，春风的手指
点破漫山桃花
那个穿过关的人
却背影已远，身体
像一粒苍尘

关山，骑马想驴

枣红色，身如绸缎
我跨上背的一刻，它侧首瞟了我一眼
一个村童，手执柳条
在尾后，轻轻挥舞了一圈
我提起缰绳，等待一声长嘶
跃空而起　飞奔而去

但我只等到一个响鼻
我双腿夹侧，高声喊"驾——"
它仍低下头兀自吃草，好像一不高兴
就会用它的尾巴，扫掉身上的蚊虫

看见旁边有人拍马屁，飞身向前
有人惟马首是瞻，也擦身而去
我开始后悔，刚才应该选一匹白马
只惜不够英俊，身无佩剑
头上未挽纶巾，也没着长衫

也许我只适合骑一头瘦驴
嗒嗒嗒，翻山绕水
这样想时，看见远树吐黄

天高草肥，一朵闲云
正低低越过关山

嘉峪关

阳光黏稠，涂在嘉峪关。
风倒在了戈壁滩的路上，没能走到长城。
一粒沙子不再喑哑地喊另一粒沙子，
只有苍茫，静止，地老天荒。

扶在嘉峪关的土城墙遥望，
染上辽阔的绝望，心一截一截成灰。
世界会遗弃一个人，
并且不留下一条路。

哪里去听，羌管幽咽？
更哪里去饮，葡萄美酒？
只剩下一座孤城，
卧在渺无人烟的荒滩，
用一万年的时间一秒一秒衰老。

甚至，多么渴望，
一堆乌云翻滚涌来；
或者，一队黑衣土匪，
打马而来。

告别时，扶着一棵披头散发的树，

欲失声痛哭，

眼泪已干

酒泉街边的一个乞丐

像一堆破败的棉絮
扔在街道的石凳上
他的头发，像被风撕扯的树
春天向酒泉走得很慢

他目中无人，抱着一卷书
安静得像鼓楼的斜阳
他身旁的空碗，不像是收集碎银
而是夜晚可以放飞的星星
一根长棍，也成了美丽的道具
一伸手，就会把微醺的夕阳钩下来

我已不知道他的饥饿
在酒泉的风里，我觉得自己
贫穷得像个乞丐

我暗暗想
一定有一小瓶酒，没被我发现
悄悄地
藏在他身上什么地方

春天正加快走在

通往酒泉的路上

麦积如山

从关山牧场离开，天色向晚
斜阳在半坡，染亮一片树林
马匹开始慢慢散去
夜晚将是安静的草场

一路走，一路在转弯
山坳间，不断浮出白玉盘的脸
到了天水，路旁似有清泉
泠泠作响

晚上，住进一家小客店
一觉醒来，推窗
眼前，竟是一座草场般的麦田
听说，过几个村庄，就是高高麦垛一样的
麦积山

向西，向西

向西，向西
想着祁连圣洁的雪
想着飞天善舞的长袖
向西，向西
想着幽幽羌笛，秦时明月
想着葡萄美酒，马踏飞燕

靠近舷舱，目光开始干涸
飞机吃力地，向前拖着
一张宽大的揉皱的牛皮纸
谁这么粗心冷面地
写下：西部
不见一只鸟
在嘉峪关机场
只有唯一一架飞机
像一个玩具
只一会儿，就消失进风里

不见一滴水
眼畔的泪也被风抢走
不见一棵树

得有多么有力的根
才能探到地层一滴活命的水

向西，向西
心中的尘埃
被风吹尽
向西，向西
重新活一回

在酒泉，不想女人

稀疏的树，营养不良
飘着醉意，却又钢筋铁骨
春天步履蹒跚
行人掩面，被风吹得稀少

辽阔的高天，一页页云
倒在一坛老酒般的夕阳旁边
面色绯红，不见鸟儿
只有鼓楼卧进斜阳

在这里，不想富贵
遥望祁连，目光疼痛
只想一股雪亮的清泉
在这里，也不想女人
只想抱着一缸好酒
一边渴饮，一边作为酒星
被发射升天

大　水

向晚时分来到岸边
黄河！
一卷巨幅的布匹抖动着铺展开去
秋日，天空地阔
风携带着泥土和鱼的气息
扑面而来，粗重，持久
似一个巨人的呼吸

这是贺兰山下的黄河
落日染红半个河面
波光粼粼
岸边的我，形影相吊，瞠目结舌
这里该是陈子昂　李白
还是王之涣　李商隐
独立过的地方？

怎样的日月
让一河大水穿越万水千山
怎样的力量
让一尾沉默的鲤鱼
纵身一跃，跳过龙门

夕阳镀红我的脸庞
硕大的红日，亘古的风
流水和夕阳，把我雕塑般的身影
一点一点收回
或许我从未来过
或许，我从此成为天地间一粒
黄色的土尘

游进我身体的鲤鱼

一尾体态丰盈的鱼，热气腾腾地睡在
一张古旧木桌上的青花瓷盆里
一河大水，让岸边的木屋
矮小，如一只搁浅的木舟

从来没有因为吃鱼而感到庄严
但现在，我把一碗酒虔诚地举过头顶
缓缓倾入河水，作为一个碌碌食客
但愿我没有冒犯河伯

这尾鲤鱼，前世也许被刻上甲骨
也许曾游到过《诗经》，并纵身跃过龙门
饮过巴颜喀拉山的雪水，在羊皮筏子和船夫的号子中
穿越吕梁，穿越秦岭
在二胡和唢呐声中
游过秦时明月汉时关
在唐诗和宋词，陶罐和旗袍中
爱上中国

一尾黄河鲤鱼
怎样从浑黄的水里睁开眼睛

看见黄土地和黄皮肤的人？

因为这只游进我身体里的鲤鱼
从此，我会不会获得
黄河的胸腔
壶口的心跳？

兰州采诗

九月，风把高原吹凉
是谁举高了蓝天，在我的头顶
云那么淡那么远
最后一朵花
也悄悄收起怀中的灯盏

向西，我心怀素朴
像一个和尚，朝圣般
一路向西
直抵连草也被阳光啃光的
西域

兰州，安静得如高僧
手提一卷黄河
站在高处，默诵或不语
我怎么能听到他手中的
经卷

晚霞抖开黄河的丝绸
我口含诗歌的圣草
如一只虔诚的羔羊

多想扯一段黄河的绸带

飞天

论坛印象

高凯的生字课还在陇东
朗朗唱响
现在，坐在主席台念着欢迎词
更像个可亲的官员

一百多个人
提着萤火虫一样的灯笼
或者有的应该是手电筒
走进黄河边的一间屋子
熠熠闪亮

最亮的还要数风马
的光头。一副墨镜
使怀念昌耀的文章悲切深沉
青海的高地。诗江湖

沈苇的胡须绝对新疆
像鲁滨孙
只是细腻的诗歌让他
表里不一

阳飓始终蒙娜丽莎般含笑
一脸阳光
可惜帽子遮着头顶的亮
飘逸的鬈发
有风的形状

人邻真的像隔壁的大哥
含苞未放地含蓄
娜夜和草人儿坐在后排
果树一样深藏不露
小心翼翼掩着果实的香

沙戈根本名不副实
我看一眼，还想再看一眼
昭君出塞
千转百回的诗歌

叶舟不用鹅毛扇做道具
也可舌战群儒
他对诗歌一本正经
不容分说

古马一个劲地饮酒
一再当众撩起衣襟
肚皮和诗歌一样
白净

姚学礼皱巴巴的西服
戴着眼镜还是贴在纸上看书
桑恒昌对谁的发言不满
就敲杯子
瘦得像杜甫的李老乡
谁邀他讲话起座就逃

不知有谁说
一百多个人聚在一屋谈诗歌
像不像一群
怪物

巴图湾

左手提着毛乌素
右手提着黄土高原
来到巴图湾
左脸沙粒敲打
右颊土尘扑面
左眼不见孤烟直
右眼没看到落日圆
左耳听不到赫连勃勃
右耳不闻范仲淹

但我仍觉得自己
像一个挑夫
从河套地区走来
头发乱成风的形状
前额是亘古的阳光
脑后是无尽的黑暗

双脚插进的地方之间
是无定河的深深浅浅
似默默的背影
又像一声沉重的感叹

在鄂尔多斯草原

风像是遇见一本好书
不厌其烦地翻动我的头发　衣衫
或者遇到一件乐器
吹奏我的鼻孔　耳洞
直至心胸

风把我吹得瘦小
比我更瘦小的
是脚边惊慌失措的蜥蜴
这些袖珍恐龙
它们竟不知草原之大
误以为我是庞然大物

羊，星子一样
撒在草原
它们安静地低着头，不抬望一眼
一群马队驰过

半坡的一座敖包
举高了天
它像我一样，在草原上
形单影只

萨拉乌苏

折戟沉沙
那个用弯弓射大雕的英雄
蹄声已远
落日慢慢地沉
在草原的一头
染红了我的脸颊和孤独

萨拉乌苏，我这样轻轻地念你
靠近你
像一只中了毒的羔羊
多想嗅到青草的气息

萨拉乌苏，我听到你
静谧的呼吸
草地柔软，星星低垂
萨拉乌苏，一条清亮亮的水
藏在哪里

不，即便有一匹马
我也不想驰骋
辽阔会因为征服而不坦荡

萨拉乌苏，请铺开衣襟
就让羊子安静地吃草
纵有一死，在这里
做一只羊，也很幸福

在乌审旗小解

车子停下
已看不到鸟儿的翅膀
扑面的辽阔
过度热情的风
在头顶高了又高的蓝天

在一丛不知名的蒿草边小解
一只蜥蜴睁着圆圆的眼睛望我
像是难耐的渴
又像打探遥远的消息

我的斯文显得多么多余
血液一再提速,真的想
膀粗腰圆,吼一声
打马而去
掳一只野兽或美女归来

一团秽物
像摔成八瓣的一星雨
在高处,谁在窃笑
一辆车子,像自命不凡的

甲虫

听说，离呼和浩特
还有近千里

短句北地

西　安

在历史里嵌得太深
密不透风的墙
穿越十三个帝都王朝
每一处，依然厚厚实实
方方正正

如果还有一个梦
不，不叫中国罗马
叫，唐——

榆　林

比如大漠
一粒沙子的寂寞

但也比如桃花水
桃花一样的女子

在塞上，总会有
一种隐隐的、挥之不去的
疼

内　蒙

一只蜥蜴的渴
也许是蓝天或
遥远的梦

打马而去的背影
升起草原的辽阔
辽阔的蓝

一只羊
把头埋得更低

银　川

风越过贺兰山
放慢脚步
黄河驮着满身的鱼
岸边的稻
波光粼粼

沙漠，柔情地

低眉
把一颗熠熠的珠宝
小心翼翼地
藏牢

石　油

欲望的燃料
飞翔的秘籍

什么时间，石油
会被看作动物的遗体
生命的汁液
在今天，当石油提速地球
有时又燃成战火蔓延

地下万年的黑暗炼狱
穿越万米底层扑向光明
最后，成妖成佛的石油都哑着
我惶惑于一种命运的不定
和世事的莫测

生为石油人
注定干一种消失的职业
几百年，也许被加速得更短

我的后辈
是驱赶着马车

还是搭乘光能飞行器
来到我的坟前
是献上光荣的花环
还是不得不悄悄地安抚
一个无辜的罪犯

屯 儿

屯儿，只觉得顺口
亲切，让我一下子回到民间

屯儿，是黑土地的温暖
而不是北大荒的苍凉
辽阔的大豆　高粱
钻天的白杨
屯儿，就是拖拉机深深的印痕
就是大路延伸的地方

屯儿，是被雪压低的屋檐下
火苗一样的辣椒
亮灿灿的玉米棒子
屯儿，是燎身燎心的二人转
是大骨头和酸菜炖粉条

屯儿，也是烈酒和血性
是马车越出柴门后甩起的响鞭
是翻皮帽子和厚棉袄
是带刺的胡楂
是雪原冒出的青烟

屯儿，其实只是我想象喂养的
一条从村口冲出的雄赳赳的大黄狗
是我在后工业时代对农业的
梦游和怀念

雪 乡

房顶越来越厚
举成蘑菇
雪飘起于何时
仿佛往事

劈好的木柴
安静的火苗
只有窗口还浮在记忆里
人会老于一场爱情
谁坐在炉前
在雪中越陷越深

柴门终于打开
万籁俱寂
如隔世的思念
远处，似有熟悉的鸡啼
房檐的雪簌簌而落
仿佛信号

不久，雪又纷纷扬扬
今天不再等到黄昏

叫出肿了身子的狗
备好雪橇，扬起鞭子
上路

忽　悠

在一家酒店刚刚坐定
就飘来一位红辣椒妹子
她手持酒瓶笑容可掬秀色可餐
"两位大哥呀，这酒生长在白云黑土地
吸了天之精华地之灵气
喝了壮阳美容提神补气
大老远来了不尝就亏待了胃"

喝酒时，我俩怎么就说起了
上学的那年
那个秀发飘飘的女子
那场沸沸扬扬的雪

向宾馆走时
我俩脸红得像高粱
话多得像大豆
身子飘得像
二人转

哈尔滨的老虎

到处是老虎
我没有大碗饮酒，也没有手提梢棒
只握一个傻瓜相机

满园狼藉，它们东倒西歪闷头睡觉
或者漫无目的信步
有一种垂头丧气的无聊

它们喜欢抓鸡的游戏，像一只狗
一跃而起，在空中完成接力
但当一只鸭子没命地逃到湖心
那只湿了身子的老虎悻悻爬上岸竟有些狼狈
有一只摇摆着走过来，咬我们汽车的轮胎
许是气恼自己只能眼睁睁看一盘热菜

终于，听到了一只老虎沉闷的吼声
很深，有绝望的愤怒
像一道电波从头传到我的脚心
我再没法把它们想象成大猫
它们的身体里还流淌着祖传的血液
浑身的斑纹，依然像火焰

我这才想到，它们独来独往　行止傲慢
自始至终，从未抬头正眼看人一眼

毫无疑问，不论谁从车上下去
都不会是它们中任何一个的
对手

西湖小饮

当官的让他去当官
发财的任他去发财
现在，我只想做一个昏庸的皇帝
躲进小酒楼，三千宠爱
集于西湖这一个美人

我的胃口很大
胃却很小
只把一册印制秀美的菜单品尝
西湖醋鱼　寒塘渡鹤　鸳鸯双味
宋嫂鱼羹　瓦片脆骨　明珠香芋
连点菜的小姐也吴侬细语秀色可餐

春笋　蚕豆　豌豆黄，下酒都不错
莼菜　藕粉　东坡肉，入口更解馋
但我更舒心于临湖的一个小窗
微醉于一杯龙井之中的湖光山色
天远人淡

一个下午
已是千年

西湖欠我一千公里车程
我欠西湖一场风花雪月的
爱情

断 桥

也许千年的修炼
并不会换得同舟共渡
也许一生的等待
也不能遇到一世情缘

爱如果有毒
为什么一往而深
情若是伤
为什么直教人生死相许

我恨两个字
像一堵无以修复的塌方
像天之涯路之尽头
天地茫茫

纵然断下去的地方
升起了千古凄美的情
万古不灭的爱

与其双双化蝶
不如销魂一晚

都把西湖比西瓜

那么多人都涌上了白堤苏堤
那么多人都挤进了游船画舫
那么多的人像飞虫
但西子湖，总有一个人像
蜜蜂

如果没人相信白娘子还在雷峰塔下
如果没人相信断桥上的许仙还在独自怅惘
如果，如果没有人相信梁祝会化蝶
西子湖，总有一个人
不把十里相送看作同志之恋

西子湖，十六个月亮哪一个我也不要
我只要你月下的一件薄衣衫
只想听你安静下来的轻喘
西子湖，人们都不再把你比作西子
而比作人人可口的西瓜
但西子湖，我只想在走累时，把手
轻轻地抚在苏小小的墓冢碑前

在苏堤想起东坡肘子

在苏堤上走
暖风果然熏得游人
如痴如醉，我却止不住
想起一道馋人的菜

西湖是多美的一锅浓汤
漫步，就是文火
湖心岛，浑圆的肘
半浮出汤面
三潭，一枚花椒、一枚八角
一枚姜
画舫，游离的肘花
夹岸的花树，锅沿边的葱花和香叶
雷峰塔，自然是大快朵颐时的手柄

这样想着，我口水都流了出来
西湖美，谁不知道
但的确不知道这么美
美得我想狠狠咬它两口

再说了，好句子都让苏堤的主持人写绝了

我也只有写这样的糙诗

气气他

宋城的绣球

员外文质彬彬
在楼上宣布招婿的广告
在宋城的绣花楼下
我的心潮被锣鼓怂恿

连丫鬟也眉清目秀
玲珑可人
一次次，向汹涌的人潮观望
为小姐刺探讯息

我忽然觉得自己就是进京赶考
即将中状元的书生
衣冠博带　满腹诗书
连举止也雅了起来
仿佛一眼就会被看中

小姐果然花容月貌
纤纤细步　以扇遮面
我看清了她向人群中
含情脉脉的一眼偷窥

绣球流光溢彩地飘下
被我身边的一个中年人
乐颠颠抢先接住
他脑满肠肥
看上去像个大款

我有点怜惜
小姐身边的那个
丫鬟

虎跑泉的甜

它目光如炬
斑纹似燃烧的火苗
它走过时
风追随而来

它孤独的背影
内心的渴
春雷般的长啸
让整座森林静默

这只大虫
我原想它胸里藏着大火
藏着壶口
而我看到的只是
一汪汩汩的清泉

那一刻，我看到了它目光的温柔
内心的甜蜜，甚至
和清泉一起涌出的
眼泪

柔软孕育的强大
缎子一样的水
不要以为虎跑泉只是一个传说
人心干涸
但从此，我要让胸间
流淌一泓清泉

江南印花布

我喜爱采桑叶的女子
臂挎竹篮
草帽檐下的羞

我喜爱抽丝的春蚕
爱得如饥似渴
却安静地把相思吐尽

我喜爱古老的织机
唧唧复唧唧的寂寞
一夜一夜失眠的灯

我喜爱蜡染的印花布
蓝的底子　　白的碎花
贴身贴心

我喜爱花布衫的女人
油纸伞飘过弯月的桥
不见踪影

我喜爱工业时代

钢铁以外的柔软和

纯棉的爱情

乌　镇

小街幽静
幽静地飘荡着
一个人渐行渐远的
回响

一缕夕阳穿过
昏暗的老屋
把一个老人安静的侧脸
照亮

古树越过瓦屋
斜枝上，落着
一串褪色的印花布
衣裳

雕栏的小桥
和碧波拢成满月
粉色的油纸伞，轻盈地
飘过

小楼躲在街的拐弯

楼上的阳台
一个面色白净埋首作画的
姑娘

夕阳悠长地眷恋在瓦屋顶上
缓缓的流水，驮着
一只乌篷船的
背影

咸亨酒店

八仙桌　四方凳
我去时，孔乙己的账单
还挂在柜台旁边

我没有身着长衫
但我站着饮
一种绍兴的土酒
我也知道茴香豆的茴有四种写法
并且，一只手刚好能罩住盘子
如果他来，会不会愿意和我一起喝酒

但他站在门口，做着一个麻木的姿势
身子瘦得厉害
在咸亨酒店
我一个人饮得寂寞
也开始想窃书到底算不算偷的问题

我想帮老孔
还了那十九文钱
但我只有纸币
从酒店出来，我摇晃着身子

给孔乙己打招呼
似乎走路也变得
一拐一瘸

鲁迅故里

从百草园到三味书屋
阳光安静
一种暗香，在春天
找不到源头

何首乌，都被洗发膏采走
蟋蟀　黄蜂　鸣蝉　油蛉
多年前，和叫天子一起飞远
只有一座空的园子
巨大的荒芜

先生的大眼镜和戒尺
还重重地落在八仙桌上
孩童跑到了别的学堂
还能听到，一个儿童
不一样的读书声

古宅逼人
总有一个威严的眼神
让我脊梁沉重

街道长长
风把我的身子
越吹越薄

沈　园

池水犹绿
春风又拂墙柳
谁是今世的
红酥手

东风透心
抵近千年的伤口
一往而深的
红色的鸩

谁中毒更深
耽于一场短命的爱情
把身子一宵一宵削薄
把心一刀一刀剜透

纵然可以挥戈驰骋
又怎么抵得住，孤灯下
比大野更空阔的
一杯黄滕酒的寂寞

为什么不能好好地

爱一个女人
比如，把一个叫唐琬的女子
搂得更紧

西 递

西递太美了
这么说多么简陋
我没有了好词汇
真想变成美女
嫁过去

让准备自杀的人
放下手中凶器
让孤芳自赏的人
低下头惭愧

一只蜜蜂
沉浸在自酿的糖里
一只蚕
蜷缩在自制的幸福的圈套里

如果真有南山可以采菊
如果真有桃源可以泛舟
如果真有，真有
一个佳人在天涯如西递
痴痴地等

就让我是那个扔掉小小乌纱帽的
或者没落而幸福的
小文人

梅坞遇茶

清瘦的身子
骨子里是苦还是香
在夜雨的小楼上
在雪舞的泥炉前
什么是今世的烦忧
谁又是前世的知音

在梅坞
我只是一个访客
只想抵近茶
内心的安静

一杯茶里
是一座山的沉默
是一个世界的沉浮
我如何能够不为所动
我若是书生
谁来为我红袖添香
我若是游子
谁的素手为我拨动筝音
在梅坞，茶知道我

风尘仆仆的忧郁

吸取天地甘露
又兼食人间烟火
茶，我会在哪里知遇
又如何渗进身体里
伴我一生

梅坞访茶

我要穿过多少烟雨
才能抵近你，前世的情人
命里的爱情
我尘土的身子，喉咙里的渴
如何能安歇？微雨中的思念
怎能被一只归燕的尾巴剪断

在大风里，我是怎样怀念
失了江山，也宁愿偏于小楼
夜听檐雨，被一滴一滴镂空
穿肠过耳，大风洗不尽
一江东去之水

没有马
没有月光的碎银
我也要千里迢迢走向你
像一个不知人情深浅的书生
只为你身子里的暗香
把我一生瘦尽

梅坞惜茶

烟花里安静的女子
薄雾里我看不清你低垂的面颊
油纸伞下，谁还一往情深
得走过多少座弯月小桥
才能走到你的阁下

细雨，细雨
肥了鱼儿，瘦了一茬又一茬花
碧山藏娇，深闺中女子
为了什么你缄默不语
如果要用一生等待
如果有一世情缘

天地澄明的容器
人间的一段婉约传说
什么温度才能轻解你的罗裳
谁的心扉能承接你身子的暗香
不怕误了书生前程
不枉爱了一场

灵隐寺旁夜宿

老僧诵经
小僧打坐
白日的尘埃
在黑夜里落定

阶前的风
殿檐的铃
隔世的香烟
今世不会散尽

在灵隐寺旁的小店
我听到院门关闭
一个脚印
木鱼一样拾级而上

林幽星稀
溪响虫唱
哪一朵花
在暗处迷惘

白天里我烧过香

黑夜里，我听见
寺内隐约却坚定的
钟响

我要把自己安放
从此，我会走路时安静
就像我远远地看见的
塔内的灯光

莫愁湖

我不想走到你的近旁
甚至不想远远地
看你一眼

在春天
繁花一寸一寸溃烂
一片辽阔的伤

湖水深几许
历史岂会如云烟
只一汪凝碧
下沉心头
东流，东流
又怎么能莫愁

一滴水一缕愁
莫愁湖
怎一个愁字了得！

苏州的咳嗽

苏州街。站在街口
我在熙熙攘攘的人群中寻找
如果出现，我确信
我会一眼认出

但是没有，真的没有
甚至没看见一个穿旗袍的人
一个颔首走路的人
结着淡淡忧愁的人

刺绣是刺
丝绸为思
偌大的苏州
听不见一声冰清玉洁的咳嗽

我确信，这样的女子
在苏州没有
在这个人间，也已彻底
绝迹

我对着苏州的天空
浑浊地发了两声咳嗽

扬州慢

瘦西湖畔，有人手指二十四桥
我摇了摇头
桥上没有吹箫的玉人

湖中泛舟，染了一丝相思和咳嗽
想到有人把西湖比作西子
那么，瘦西湖有点像林妹妹

早上，在富春茶社喝茶
听见街上有人卖刀
我被灌汤包烫了口

那二分无赖的明月呢？
也许还有青楼，但已少了杜牧
月亮掉进了脚盆

街上，有鱼一样骑自行车的人
脸上有残余的烟花，明月
和略微满足从容的慢

回时，我又看了瘦西湖一眼

好似带走了一滴水

湿润一个北方男人的干旱

没有一座山叫寒山

左手枫桥，右手寒山寺
我只是一个过客
想听张继的钟声
看寒山子的诗

我原想，应该有一座寒山
山上有一座孤寺
山下有一座枫桥
桥上有一个诗人

但是现在
有几个和尚写诗
有几个诗人
在听钟声

我走上枫桥，然后下来
我抚摸了寒山寺的一块青碑
然后离开

在孔庙，想念一缕长髯

孔庙里，年轻的蝉
在放声朗诵着《论语》
那一阵子或许是：有朋自远方来
不亦乐乎？
我背靠一棵刚刚认识的楸树
看见杏坛，想象金色的银杏叶
翩翩化蝶。树下，长衫围坐
长髯飘动
三千年前，两千年后
那思想，飘成黄河泰山

我如果是其中求学的人
不会是箪食瓢饮的颜回
也不是着春服、浴风歌咏的曾点
更不会是朽木不可雕的宰予
子路、子贡、子张、子夏、子游、子产
冉求、仲弓、伯牛、端木赐、公西华、漆雕开
不，都不是。我不在七十二人中间
也不是三千人中的一个
我愿是那个载着孔子周游列国的车夫
嗒嗒嗒，驱着马行走在路上

我们走过的地方，留下好看的辙痕
我因此也着御风的长衫，并且在有一天
颔下，生出飘然长髯

学学孔鲤

不用三更灯火，也不用一根绳子
把脑袋拴在房梁上
念一念诗三百
练一练骑马射箭
挤在杏坛边听课
走走神，也没人打屁股

不用跟在鞍前马后
赶紧把《论语》记下来
也不用随着马车一次次吃闭门羹
差点饿死在半途
屋后有树，可以闭目听蝉
房前开花，可以失神看蝶

成为孔子，是别人的事
做快乐的孔鲤
怎么算给爸爸丢脸
既然孔丘家的伯鱼也不过如此
我要赶快告诉儿子
不要头疼做不完的作业

每个人有自己的泰山

一只蜻蜓，热情地
飞来，采集我额上的汗滴
一片云，在我身下游曳
现在，我也来到泰山之巅
站定，举目望远
我没有找到杜甫小众山的绝顶
也没发现孔子小天下站过的位置
在天街，我只是人群中一个
到此一游的人

走过十八盘时，我听见蝉叫
是四十不惑，还是五十知天命
听起来有些耳顺
每个攀登的人
都有自己的绝顶
未必一定要是泰山
我不喜欢也不相信独尊

从泰山下来
惟愿对于人生种种
我能泰然处之

神女峰

就是为了千年等一回吗？
人心逼仄如峡谷
流水的流言，深不可测
我是在夜色里经过巫峡，在甲板上
看见神女峰黑色的身影
孤单而决绝地站在悬崖
像个沉默的修女

总有人，选择离开人群
在高处，听江水和风声
那么，神女峰
一定要等一个肩膀
伏在上面哭泣吗？

男人们会不会以为
一尊菩萨
也是在等待情郎？

金光菊和女贞子已然安睡
甲板上，只我一人站在舷头
迎着不绝耳畔的秋风

回头看，神女峰
退远，变小，回到自己的山水
只剩一船灯火通明

黄泉路上

走在黄泉路上，天正下雨
一阵稀疏，一阵密集
像有些事情无法参透
我没有打伞
这个时候，再不需要任何道具
淋着雨，也许更显悲壮

路上，众人说笑着
嘻嘻哈哈，甚至兴奋地去"踩点"
而我试了几次都笑不出来
我中了秋雨的巫术
像在预习死亡
这是在丰都，去见阎王的路上
雨正在诡异地下
一丝不易察觉的风
掠过我的头顶

越过了奈何桥
走过了黄泉路
没见谁战战兢兢
也似乎没有人大义凛然

但见到阎罗时，有一瞬
人群安静无言

每一个人都返回来了
但我总觉得哪里
和以前有点不太一样

白帝城

没见到李白，他去江上乘舟听猿
带走了彩云，再也没有回来
但白帝城还被揽在山坳
像宁静的孤儿
江水依旧一往情深
白云出岫，还在升起孔明的神机妙算
我来时，一场细雨刚过
落了一身刘备的悲叹

夔门凶险，江深不测
白帝城两棵相依的黄连树
苦过了多少年
深秋里，我看到它们还泪眼婆娑
是因为扶不起的阿斗
还是短命的蜀国
每一次落叶，都有北伐的咳嗽声

在白帝城凭栏远望
世事浩渺如江烟
一场秋风，万船已过
而我却温暖于一个托付

穿越千年。人心可寄
那么，让一把羽扇
扫尽胸间云烟

悬　棺

甲板上，有人在拍照
有人在靠着栏杆聊天
秋日的三峡，一壶碧水
游人如织
但是，满船的人
突然一下子安静
顺着一个人的手指，我也看见了半崖上的
悬棺！

鹰巢一样的岩穴
老船一样的棺木

活着也许是身体匍匐的纤夫
死了却是灵魂飞翔的圣灵
那勒进肉体的纤绳
是不是提升生命高度的牵索？

一尾鱼
也梦想天空
千年的星辰
万年的涛声

风中不灭的，是
骨殖里的磷火
照亮人
不死的死亡

江水播放两岸秀丽
我为什么从此
一路哑默？

不是从雅典到北京

还有什么会如此刻骨铭心
从春到秋，一枚树叶也因为成熟
而染成金黄
果实沉默在枝头

在灾难里，学会爱和尊严
不只是飘零落英的苍白
一块炽热的石头
也在裂痕中安静下来
隐忍　并迎接新的阳光

也不只是感动眼泪纷飞
一只蚂蚁也会怀着信念，穿越黑暗
坚定地走在辽阔的路上
灾难让我更加相信人心

星汉灿烂，河流奔涌
抬起头颅
从乞丐到国家元首
这一刻，真的
属于蓝色星球

这一刻，让我相信
梦想，永远不会折断翅膀

不，这一次
不是从雅典到北京
是从汶川到中国
从悲剧到喜剧

让我还能说出：我热爱
从悲情中走出
我要梦想，坚定的脚步
和来自心底的微笑

城里哪有安静的地方睡觉

我不想去人多的地方
越是热闹越觉得孤独

从电视看到北京挤满了人
就是有钱有时间我也不去
我爱国，但
不爱挤

如果所有人都去看奥运多好
让我一个人留下
没有了汽笛没有了喧嚣
没有了让人犯恶心的人潮
知道我会干啥
一个人喝啤酒看比赛？
郁闷地烦躁？
寂寞地上吊？

都不是，我会在空城里
陪星星
美美地睡一觉

一只蛐蛐半夜看电视

后半夜醒来
听见窗外一只蛐蛐起劲地叫
运动员都休息了
它还在呐喊助威

它没有去北京
半夜里，它在看什么比赛
别的蛐蛐也都睡了
就它一个人抱着电视喊

不是球赛
也不是田径
一定是摔跤比赛

估计是啤酒喝多了
不然怎么不看直播
看电视录像

或者是只外国蛐蛐
还不习惯时差

生命如斯

大风过野，历史结痂
一堆数字如骷髅
弃置在人心的荒漠里

多年后，谁还会在月夜
站在一片废墟之上
在呼啸而至的血雨腥风里
剧烈地震颤

生命如斯，对酒当歌
心跳，如蝶翼的风
穿过大地辽阔的苍茫

星汉灿烂，万物归集
仰望苍穹，一粒尘埃如流星
只为留下美丽的弧
还是回家　归隐

哑　弹

像一颗滚落的头颅
或紧握的拳头
欲望还是仇恨
让一块金属魔鬼附身

但它为什么哑了
在硝烟的瘴气中
它原本可以酣畅淋漓　食血食肉
开一片光芒四射的花
是什么让它改变了主意

现在，它安静地躺在玻璃柜里
锈蚀斑驳却依然面目狰狞
历史博物馆散发出腐尸般的气息
它僵尸一样躺在那里让我不敢靠近

谁能保证它，不再
开口说话
谁能相信它，不再
借尸还魂

弹　坑

那粒削尖脑袋的金属
是谁教唆它坚硬　冰冷
一副铁石心肠
是谁给了它飞的速度
穿透的力量

亡命之徒
魔鬼之子

但也有叛逆者
偏离了方向
把头狠狠地砸在岩石上
留下一道疤
或者伤口
像一只耳朵
听着风声

我却更关心那枚遗落的弹头
它会不会藏在哪里
又积攒着力量

胡　同

早春忧郁的黄昏
搭乘祥子的人力车
绕进曲曲折折的胡同
绕进悠悠扬扬的上世纪
北京

金匾黑字有些斑驳
隐约地，还飘着
老舍的香
茶馆外的红灯笼
面色惨淡
像失了血

四合院，屋檐驼着背
黑黑的额头，探不过
长高的墙
虎妞躲在哪扇紧锁的门后
任凭祥子的车
寂寞地碾过

咕噜水烟和咳嗽

叹息般飘远
凉凉穿越的风
像沙子龙的枪

天上没有月牙儿
四只黑瘦的鸟
在电线上，静静地怀念
四世同堂

从肠子一样的胡同出来
落了一身皇城的尘埃
多久了，背上
还是那片湖水的
凉

北京地铁

在最底的底层
匍匐着身子
咳嗽着
跑

下一站之后
又是下一站
小心翼翼地，从来
不敢越轨

隧道的黑夜
站台的白天
循环

走廊角
一个二胡孟姜女
对着地铁长城
幽幽咽咽地
哭

人间烟火

我现在都能摸到他
冰凉又颤抖的手
从贫困饥饿河里
漂泊来的菏泽老人

北京的天桥上
乍暖还寒的晚风
裹紧苦难的身子
却压不住吃力生存的咳嗽

这座被高楼吞没的都市
突然万家灯火
让我温暖

它慷慨地给生命
提供了一个喘息的居所

蹲在角落的乞丐
是都市最后的良心
最后的体温和人间烟火

车过汨罗江畔

满载了一车青春和
写诗的人
欢呼，高谈阔论

车子穿过汨罗江畔
我在汽车的窗口一瞥
水寒生烟。两千多年了
谁还峨冠博带徘徊在江畔
那个投江的人依然形影孤单
只一江愁水铺天

远离江畔
车内突然集体哑默
每个人各怀心事
我裹了裹
单薄的衣衫

屈原先生，端午快乐！

把楚国带走
把香草和美人留下
你走后，2000 多年
人们还包粽子，但不再喂鱼

洞庭湖畔的木叶，绿了又黄
却再没有子规啼血
汨罗江畔，还有渔夫
只打鱼，不撑船过江

2000 多年了
还有谁在这一天
默念你的名字？
三天假，大家相互发短信
端午快乐！

早上起来，我看见许多老人
从山里采回艾叶，挂上门楣
早餐时，我也打开一个粽子
喂饱我无心无肺的肠子

这个节日，如果不是值班
可能我也正在游玩的路上
说什么呢？
把楚国带走
把香草和美人留下
端午快乐！

乡关何处

1. 路上

北风紧，一路走
一路土尘。擦身而过的树木
瘦的影子在倒退，沉默寡言的人
行进在相反的路上。这是年关
我要回乡下老家，把荒凉了的祖坟叫醒
知更鸟一年一度，好像只为了告知自己
曾经的身世，只为了告慰走远的先人
香火未断，后来者漂泊在异乡

那些苍黄的群山，一年一年
还在变老，每一次看见
心和落日都在下沉，似乎群山看见自己
也在变老。变老，直到有一天面目全非
需要相互辨认。那些卑微的尘土跟在背后
飘起来，又缓缓落下，仿佛世世代代
生在这里，长在这里，且愿意长眠在这里
那些麻雀土著，无论魏晋
从不飞高，更不想着飞远

似乎也打算永远不离不弃
不离不弃，守着这里的破旧和亘古蓝天

2. 亲人

近乡情怯，怯的是村子里的狗
它们还不知道，它们中有的已经进化
成为躺在怀里的畜生。那吠声
让我亲切又心惊肉跳。作为村庄的忠实保安
对外访者的我仔细安检，围绕我的脚转圈
最后摇起尾巴表示通过。卓越的嗅觉
竟然嗅出了我和这个村庄的久远联系
村子里的公鸡
也很快停止大惊小怪，仰起山中王子的头
热情欢迎。圈里的羊，还是天使的眼神
望了我一会儿就像认出亲人：咩——

窑洞里出来一群灰头土脸的乡民
他们行动起来都像雕塑。脸上的笑容
让皱纹更加深刻。眼睛里
背过大山，背过艰苦的命运
却还有黄土般纯净逼人的光芒
他们中有人端详我，让我说出父亲的名字
有人却还能喊出我的乳名
我的手被一一攥住，好像光洁的鸡蛋落在粗糙的鸡窝里
那一刻，电流接通

血液和血液相互认出
失忆被打通，像走散了多年
像一只断了线的风筝失踪后，自己
又找了回来。那一刻，相互发现
对方的某个部位，某种神情
都确切地来自同一个遥远的暗号

3. 小溪

一条皱纹，深深地勒进山间
它跋涉过群山和蜿蜒土路
敲开陌生的防盗门，固执地走进我的梦里
探访我被异化的身心
矫正我偏离的轨道，返归原初
一条小溪，千里万里，还是
连着我的脐带。在梦醒时分
让我知道自己的源头
并一次次重新上路。

现在，我来到它的身边，蹲下身子
它还在古老的地方穿行，像一条伤痕
甚至冰的浮肿都没能掩盖它的
消瘦。它裸露出来的部分
依旧一尘不染的澄澈、圣洁
照进我的骨头，照亮我沧桑的面容
这条小溪，在我走了那么多年后

还珍藏着经年不变的碎银
它那么安静地坚守着自己，像一个修行的人
容颜不断苍老，而心灵日日一新
让我相信誓言、信仰和爱情
相信来生

4. 老树

村头的老树，背还在往下驼
但看上去永远也不打算倒下

它的头顶，有过往的云过往的风
也有村庄第一缕晨光和最后一线晚霞

它的身上，住着蚂蚁
住着鸟雀，也住着神

喜鹊的好事来，乌鸦的坏事去
上学的铃铛一年四季准时敲响

孩子得病的呓语，老人临终的遗言
都收进老树的洞穴

耕牛出山，羊群回来
树梢的炊烟系牢村庄的平安

月光落上树，雪落上树
过年拧亮的马灯照着族人的命运和路

三十年前，它送走我远去的背影
现在，它的老手上还攥着这只风筝

5. 清泉

一口清泉，从山脚冒出
不知是先有了这口泉，还是这个村庄
但是现在，村庄搬走了
它还在汩汩流淌，那清澈的响声
让我忧伤

那个时候，我常常赶着驮木桶的毛驴
到这口泉里取水，并且提着一只木筐
捡拾沿路的粪。这让我早早就知道
我是穷人家的孩子
但从不忧伤，因为山泉也生在深山
它一年四季都在明亮地歌唱
五谷丰登，六畜兴旺，一个家族幸福安康

是的，穷人也可以明亮地歌唱
后来，我远走他乡，努力成为一个
心底明亮的人，对这个世界，对每个人
涌泉相报。当我不断写下分行文字，才思泉涌

我在想，是不是那口泉在我的身体里流淌

可是，它养育过的人
全都离开，就连牲畜也被带去
只有白云，偶尔投下身影
只有野生的小动物，偶尔会造访
它却一如既往，明亮地歌唱
每一个有月光的夜晚
在我枕畔清脆地回响

6. 老庙

有村庄的地方，就应该有庙
没有庙的村庄像是被遗弃的孤儿

一座简陋的山神庙，主人我从未见过
但从不怀疑这个存在
我曾无数次想象过那个模样：长须，白髯，额头饱满
慈眉善目，声音缓慢，手里永远拄着一根拐杖
我没见过主人，但见过庙里的灯
在除夕的夜晚，彻夜地亮着
守护一座村庄的灵魂和平安

因为这座庙，我相信
所有的游魂都不会在夜晚闯进村子
所有的大灾大害永远不会降临

所有孩子，都会在半夜得到安宁
所有妇女的惊恐都会得到安抚，并且很快平静
而雄鸡会在后半夜安详地唱起歌
启明星照在村庄的上空，新一天的太阳
又从东山露出笑脸

可是现在，我看见老庙已经坍塌
祭台上的灰也冷了多年，风吹四散
人们住进了新房，却个个没精打采
我焦急地找到新村的族长，告诉他，这不是迷信
重修一座庙吧，它掌管人心的尺度
村庄不能没有神

7. 鸽群

一群飞鸟，像一团祥云
飘绕在村庄的上空
把朝霞迎接来，把晚霞送下西山
这吉祥之鸟，沿着山坳上方不断测绘
画出乡村和平的领空
它们飞翔的高度，就是村庄梦想的高度
它们画出的圆，就是乡村幸福的边界

这一群天使，每天每天
都在村庄的上空盘旋，一起降落
又一起升空，像一群守卫和平的士兵

吹着嘹亮的哨音，巡逻
它们飞过的地方，天空就会变蓝变亮

我一直愿意相信，它们是天外来客
不像本土的麻雀、乌鸦
也不像外来的喜鹊，甚至高处的鹰
它们的身体那样洁净，体态又那么优雅
我是多么向往，当我一次次仰望
心在上升，身体在上升

我偶然拾起过它们遗落的羽毛
仿佛喜从天降。我把它
夹在书里，压在枕下
悄悄为自己许下美好的愿望
作为一个秘密压在心底
飞翔，飞翔，像一只鸽子一样

现在，我在村庄里走
再也望不见一只鸽子
我的族人告诉我，已经很多年了
它们飞走，再没回来。好像一个梦想破灭
我抬头，看见蓝天空荡荡地
没有了边界

8. 老屋

我指着那孔窑洞，告诉身边的儿子
它曾听到过我最初的哭声
现在，窑洞已经坍塌，一只松鼠闻声出来
在土堆上跳跃，打量我们
显然，它已成为这里的主人
院落里杂草丛生，已翻过矮墙
并且还在抢占地盘，如果我在夏天牵一头牛回来
应该够它享用一个夜晚
曾有一株牵牛花，沿着墙头
一路伸向大门
那里曾有两棵树，一棵是枣树
另一棵的确也是枣树
我指着旁边同样坍塌的矮房，告诉他
那曾经是我的书房，爷爷用木柴把炉火点燃
煤油灯的小窗户，亮了一夜又一夜
书房的一侧是蜂的房子，嗡嗡
春天里，到处是提着花桶的蜜蜂
我拉着他的手，继续指给他
那里是一座果园，也是我一个人晨读之处
和夏夜纳凉的地方，果子也会像牛顿的苹果
砸在头上
那是我曾写到过的那棵梨树，它白玉般的身躯
曾让我目瞪口呆

那边是牛圈，站立过村庄最健壮的红犍牛
而那边是鸡架，卧着一只领唱的公鸡
后半夜里它一亮嗓
全村的公鸡就开始合唱
我转过身，向远处指
那里是庙宇，庙前曾生长着一棵百年老树
而那半山腰，在春天，会是一片桃花的海洋
站在院子里的夜晚，头顶会是满天星斗
北斗七星，北极星，还有奶奶判断时间的三星
都亮得让人惊奇，想呼喊，却总又选择哑然
而月更亮得让人惊心，跟城里看到的完全不同
我曾确信里面住着玉兔和嫦娥

听完介绍，我儿子说
老爸，这里应该得到保护，扎一圈篱笆
作为旧居，给你的后人。你不像诗人
倒像一个童话作家

9. 祖坟

面临一条小溪，背靠一座大山
如果讲究风水，我看这里就很不错
适合隐居，虚掩柴门，念书
担水劈柴，种一块菜地
也适合建个茅屋，面壁诵经
白天进山采药，晚上披星而归

但是风水先生认定，这里更适合做墓园
来埋葬我的祖宗

这些人，我一个也没见过
甚至说不出他们的名字
他们生前籍籍无名，没有任何事迹流传
种地，种地，种地，只学会神农氏的本领
一辈子都在深山里，连炊烟都飘不到山外

我的祖坟其实不止这些
村庄周围的每一座山间
都埋有我的先人。不像是占山为王
倒像是热爱生活的小动物，拱出地面一小座土堆
所有的这些坟，全都没有墓碑
好像随时准备被风抹平
永远消失在这连绵的群山之中

让我欣慰的
野草一样，我的先人
让我安心的
尘土一样，我的祖宗
他们的梦想也许只是
庄稼和人丁，一茬茬旺盛

每一年，我都在回家
以祭祖的名义

地下的人，我的什么部位
打上了你们的印记
是什么力量，把我从异乡
一次次召回
每一年冬天，草木枯萎，山水荒凉
你们在另一边，一定会看见
一个漂泊的人，面带倦容
是不是只有面对一座坟，才可以
让人真正安顿下来
是不是，因为有了祖坟
一个地方才可以叫，故乡

10. 村小

太阳照亮一排窑洞，这个地区的
文化中心，我最早的母校
我们走在上学的路上
麻雀在身旁飞来飞去，喜鹊在头顶
有时喳喳欢叫，有时拉下一团粪便
到了学校，铃铛响起
但老师还在地里干着农活
我们自由晨读，放开嗓门唱课文
他来学校时，骑着自行车
远远望去，一圈一圈闪耀的光泽
小的时候，我最大的理想
就是当一个教书匠

他检查我们背课文
讲两道数学题。几个年级都在一起
总共十几个学生，讲到谁的课程
谁就翻开课本
麻雀和我是同班同学
老师讲课时，它们就落在房顶上
眼睛圆溜溜地听课

讲完课，他又会骑着自行车
去地里干活
而我们，用电池里的碳棒
在窑洞外的空地上，写字
演算数学。更多的时候
看高天上，划过带尾巴的飞机
白杨树上飞来的鸟
有时，还会追逐着
撵一颗走了气的篮球

扫盲，识字，算数
老师说，不识字就是瞎子
他会写对联，也会将粉笔头
当做炮弹，精准地击中
打瞌睡的脑门
我在这所学校，一直念到五年级
学会了写对联，写信

打算盘的速度超过村会计
成为我们村交口称赞的秀才
但老师的本领我还没有全部学会
种地的事情我一窍不通
自行车，也只是他一个人的坐骑
我必须学到更多，并说服父亲
把我送到更远的地方

我每一次回老家，都要去看一看这所学校
现在，这里的窑洞已经推平
成为一片庄稼地，所有过去的一切
已经找不到踪影，但我的老同学麻雀
还在读小学。它们的叽喳声
不像是乱叫，像是读课文

11. 歪脖树

一个受过冤屈的女人
会变成苦杏树，歪着身子
站在路边的半崖上
她身体扭曲
好像还在承受着前世的苦难

夜鸣鸟一夜一夜鸣叫
我睡在窑洞的土炕上想
是她在哪棵苦命的树上泣血、倾诉

把月亮叫出来，让整个山谷
为她披上哀悼的白纱

那是一个什么样的女人
孤儿寡母，受人虐害
孩子夭亡，病魔缠身
还是背了一个屈辱的坏名声
村里人说，满月的夜晚
会有一只狐狸蹲在树下
彻夜吠叫，可见
她是一个狐狸精

但我从来没有听到过
有一次，我远远地望见
树的头顶，落满星辰
她孤零零探着身子
像就要掉进水里的人，伸出手
等待谁一把抓住

这次去乡下，我去找那棵树
想看看她，和她说说话
却没有找到树的踪影

12. 倒吊驴

倒吊驴贴在十字路口的老树上

"天皇皇，地皇皇

我家有个夜哭郎"

不发烧，没得病

不要玩具，也不要乳汁

要拿大灰狼吓他，会哭得更加没完没了

没有人能猜准他想要什么

没有什么能够安慰他

倒吊驴贴在十字路口的老树上

大黄狗在院子里叫

老公鸡在架上打鸣

卧在圈里的牛，换一个姿势

长叹一声。夜哭郎

对这些都充耳不闻

窑洞的煤油灯彻夜亮着

他的哭声，像发射到未知高处的

一个秘密信号

倒吊驴贴在十字路口的老树上

天一亮，哭声就停歇

好像颠倒了时间

需要画一张倒吊驴，把时间倒转回来

这个秘诀，老人代代相传

"行路君子念一遍

一觉睡到大天亮"

倒吊驴贴在十字路口的老树上
太阳滚落，星星闪烁
院子里的毛驴，突然仰天大叫
窑洞里的夜哭郎应声止住哭闹
他又抓住了母亲的乳房

倒吊驴贴在十字路口的老树上
三十年后，又被我看见
我也许已经算是行路的君子
站下来念了一遍
那个代代相传的夜哭郎
你有没有止住哭声

13. 代销店

这个名字今天听起来
仿佛很久远，有点出土的味道
我始终没弄明白，它在为谁代销
一间窑洞，摆着花花绿绿的物品
一进门就被混合的香气包裹
好像一下子穿越到童话中糖果屋
现在想起来，出售的东西
其实少得可怜：布匹，火柴，香烟，散酒
和乡下人的日用品
品种绝对超不过一个挑担货郎的百宝箱
但因为有糖果，那里就成为我的小小天国

售货员是一个脸蛋白净的女生

举手投足都非常好看

那时，我会把硬币小心翼翼

放在高过我头顶的柜台上

从她手里接过两颗糖。一年中也许会有一两回

我有一毛钱，接到手的就是八颗

八颗！可以吃很长时间

可以让一群小伙伴围拢过来

羡慕半天。而我只需打开一颗糖

让每个人快快地舔一口

如果拿出一颗悄悄地送其中的一个

一定是下了很长时间的决心

那糖纸，当然绝不会扔

装在口袋里，想起来

就会拿出来，凑在鼻子边

闻一闻

代销店的女孩最后去了哪里

我到外地上学，只是听说走了

代销店为什么关了门

也无从知晓，只是听说关了

现在，每年我家的茶几上

都会摆一盒新年糖，但一年下来

几乎不少一颗

14. 甜杏树

再苦的人群里
都会有生活甜蜜的人
我猜想，造物主的用意是
让一个幸福的人，使众多不幸的人
看到活下去的希望
在苦难和贫穷的童年里
甜杏树就是我看到的幸运之神
它让我相信，也许有一天
那不为人知的甘霖，也会悄然为我降临

隐藏在树林中的甜杏树
它是怎样把苦日子变甜
怎样拥有了一颗香的内心
当我在山里放牛，看见一树一树杏花
像彩云落在荒凉的山野
我想看到，是怎样一根手指
把其中的一棵轻轻点化
一棵看上去和其他毫无区别的树
凭什么引起了注意

从树林发现一棵甜杏树
并不容易，要忍得了苦
一棵树一棵树尝过去

有时一座山头，都不生长一棵甜杏树
我曾在树下听蜜蜂的嘤鸣，以为甜杏树
开的也许是甜蜜的花朵
我也观察过松鼠
查看过地上落下的果壳数量
这些小聪明，都没有奏效
发现，总是在不经意间发生
好像一种恩赐

在树林里记住一棵树的位置
需要上观天文，下察地理
做记号，要有侦探的水平
否则会弄巧成拙
把一棵树藏在山里，就像把一个秘密
藏在心底，而童年
怎么能藏牢秘密
于是，下一年被另一个人提前摘完
再下一年，就成了一群
大家再没有耐心
等到杏子慢慢成熟

当一个秘密破产
就成了灾难。我所知道的甜杏树
最后都死于斧头
这是让人伤心的事实
现在我已不能确定

生为一棵甜杏树，到底
幸也不幸

15. 打麦场

稻草人摇摆衣袖，但是还有麻雀
成群地落在庄稼垛上
这也是一个村庄永久的居民
喜鹊负责报喜，麻雀飞远飞近
表明农家的小日子，一切安详
一到夜晚，猫头鹰就开始值警
但还有鼹鼠修通地道，暗度陈仓
从庄稼垛底下，把粮食成功偷走
偷走也便偷走，哪一个村庄
不养两个懒汉？
这是打麦场，农村的月亮升起的地方
妈妈不在那里讲故事，爸爸
却在那里拽着牛尾巴，练歌
深秋的庄稼铺满麦场，牛在悠悠的歌声里
转圈，反刍，一步一步
把粮食踩出来，把日子踏出清香
那时候，我是个送饭的小伙计
负责后勤工作。饭罐蹲在麦场边
水壶躺在麦场边，爸爸的两只布鞋歪睡在麦场边
它们都听着秋风，听着农事农歌和岁月的悠长
我也仰卧在柔软的麦草垛上，面朝蓝天

晒太阳，遐想一些不着边际的事情
哎，丰收的日子！这些沉甸甸的谷物
让一个土窑洞升起袅袅炊烟
让糊麻纸的窗棂上，亮出红艳艳的窗花

麻雀飞走，鼹鼠改道
三十多年过去，打麦场上
再也看不见牛
整个村庄，我都找不到一头
所有收割的庄稼，都交给了机器
快速粉碎，身首分离
再也听不到一句长调农歌
打麦场，成为一个鸡窝般大的遗迹

16. 苦菜花

桃花开过了，杏花开过了
梨花也开过了
山里的花一茬茬开了，又谢了
连土豆都开出蓝花花、白花花
我在山里放牛，父母在山里种地
一条土路像脐带一样连着村庄
一条小溪在深山里，细细地
几辈子过去了，还在坚韧地流淌

驴在磨道里循环，眼睛被蒙着

牛铜铃一样的瞳孔里，只映着大山的身影
猫在我的被窝里，一夜一夜打着安详的呼噜
远山里的夜鸣鸟，好像人前世的魂魄
星星落了一颗，又落了一颗
半夜里鸡就开始鸣唱
啄开的每一个黎明，都是村庄
原来的模样

我的父母只会种地，据说我的祖坟里
埋的都是清一色的种地人
但我的一个爷爷出门当兵
我的一个哥哥考上了大学
另一个哥哥，外出做工
我的一个姐姐，嫁在了一百里以外的地方
到我的时候，家里有了连通外部世界的
神秘机器——收音机

煤油灯的灯花花拨落
炉内的木炭火变成暗红
我看的书停下来，窗外正好三星当空
每晚，我都能听见圈里的牛发出一声浩叹
后来有一天在山里，我果然看见苦菜开花
我的眼里，一下子也开出泪花
我爸爸总说，再苦的日子
也会开花。但我后来常常惭愧
我所努力的，难道只是为了逃离乡村

苦菜花还开在山里
它仿佛依然在等谁，世世代代

17. 稻草人

庄稼就要成熟，如果天气晴好
还能闻见谷物的香气
稻草人站在田里，戴着一顶破草帽
衣衫褴褛，像一个小乞丐
一阵风过来，它挥舞衣袖
模样有点滑稽，看得我只想发笑
但那样子我看着高兴
因为它就穿着我的衣服
好像另一个我，被我看见

我可不认为它能吓走任何一只鸟儿
有胆大的鸟儿，还会落在它的身上
倒像是它在饲养着那些飞禽
热情地招呼着：庄稼成熟了，快来享用
是的，这些安居在村庄附近的鸟儿
它们怎么会不觉得心安理得呢
但我哥哥不这么想，它在地边上
发出怪叫，好像稻草人一下子
魔鬼附身，那些鸟儿果然惊慌失措

黑夜降临，稻草人的那件衣服

好像连通我的导体，让我担心
夜鸣鸟每晚都躲在山里幽幽地鸣叫
猫头鹰的叫声更让人浑身起鸡皮疙瘩
就算是繁星满天，就算是皓月当空
它还要一个人孤零零站在地里
但第二天看见它，我就放心了
庄稼的波浪涌向它的身边
它像是长袖善舞衣袂飘飘的演员

后来，我见到很多的"稻草人"
它们人模人样，仗着威风
一点也不可爱
飞鸟看见，要么远远地躲开
要么赶紧一哄而散

18. 喜鹊窝

我妈妈说，只要听见喜鹊叫
保准就会有喜事发生
喜鹊叫了，我家的牛生犊子了
喜鹊叫了，在省城上学的哥哥回家了
喜鹊叫了，长胡子的母鸡一次下了两个蛋
好像每隔几天，就会听到喜鹊的叫声
而我妈妈总能找出一件喜事对应
甚至，我考了一百分
丢失的五分钱找到了

猫逮到一只大老鼠，也是因为
家里人听到了喜鹊的报喜声
我那时猜，因为我家的窑洞向阳
所以喜鹊喜欢落在窑洞旁边的枣树上
可是，喜鹊喳喳
总让人心情愉快
如果有一天听到的是乌鸦
妈妈几天里都会诚惶诚恐

喜鹊，这报喜鸟、吉祥鸟
它的窝，太阳一样照着山村

但是有一次，在放学的路上
一只喜鹊喳喳飞过头顶，不偏不倚
把它的排泄物精准地投到我的头顶
这件事被同伴传开，成为村里的一个新闻
我垂头丧气，对喜鹊再无好感
妈妈却说，我要有大喜事了
村里人竟然也都这么认为
但后来，我一直没等到喜事的降临
那个空投的礼物，每每想起
却还是糟心

不知什么原因，喜鹊越来越少
好像村庄的喜事也越来越少
冬天，树叶落尽

喜鹊窝露出来，一年比一年减少
一年比一年破败
如今回到乡下，再也看不见一窝
可是，当我去北京
发现喜鹊窝蒲公英一样
散落在机场高速路两侧的白杨树上
是它们都飞到首都报喜
还是成了北漂一族

19. 乱坟岗

没有一个人知道
他们是哪个年代故去的人
我问过村上年纪最大的老人，他也摇头
但按他的说法，那不是我们的先人
在我的先辈安在这个村庄的时候
这些坟堆已然存在了很久
没有墓碑，甚至没有一块石头和片瓦
只有荒草和几棵沧桑的野树
坟堆，也只剩下轮廓
我妈妈说，哪里的黄土不埋人
那些人，一定也和我的族人一样卑微贫贱
但他们的后人都去了哪里
怎么忍心把他们留下，成为孤魂野鬼

有时，大人们在山里耕地

会犁出一具白骨，或者一个骷髅头
有时还会顺带挖出一个瓦罐
其他的孩子会惊喜，甚至挑着骷髅玩
我却感到惊惧，并且有些难过
那些贫寒的人，失去了后世亲人的人
哪里，会得到永世的安宁
晚上，我常会听到远山里
夜鸣鸟在幽幽地叫，那是不是他们的魂魄
白天里，我常会冷不丁碰到一只沉默的乌鸦
站在树上，那是不是他们的化身

反正，我坚信
他们绝不会什么都没有了
逢年过节，我会向着乱坟岗的方向
烧几张麻纸，放一点祭品
平时，也常常会向那里远远地望一望
我坚信，他们还在过着
另一种生活

20. 土蜂蜜

像个原始人，在大山里刀耕火种的
是我爸爸。他沉默寡言
和太阳一起出入
常年追随他的，是两头忠实的黄牛
但另一个时候，他又像统帅

养着千军万马

那些士兵，小小的飞虫

并不去打仗

它们的营房就安在我家的窑洞旁

一到春天，就倾巢而出

像磁力线一样

我常要小心翼翼从家中进出，生怕有一只

撞在脑门上。它们穿过我耳边

像一个飞行器，"嗡"的一声

它们的背影，一下子就变成黑点

消失进蓝天

这些采花大盗，个个火眼金睛

有花的地方，就能听到它们的歌声

它们回来时，都提着两桶黄金

不是谁都养得了蜜蜂

据说村庄方圆几十里，也只有我爸爸一人

好像蜜蜂嗅得出，孤儿爸爸的善良

他体贴地养护，割蜂蜜的刀子

最轻，最不贪心

那时我在山里放牛，偶尔会看见采花的蜜蜂

激动又高兴，心想：那是我家的蜜蜂

一窝，两窝，三窝，最多的时候

竟然有三十多窝，一字排开来

像是一个蜜蜂部落

我家的蜂蜜，好像从来没有卖过
用来招待外来的客人，奖赏好孩子
送给生病的老人，或者在农家的喜事上
作为最美的饮料
家里人，一般也只有逢年过节
才可以美美享用

我爸爸说，有花的地方就会有蜜蜂
有蜜蜂的地方，就会有甜蜜的生活
可是，蜜蜂没有变，人却变了
那黏稠的香甜的褐红色的土蜂蜜
我再也没有见到
现在想起这句话
我多么惆怅

我是个乡下手艺人（后记）

整理好集子，我有点犹豫了，要不要拿去出版呢？我当然希望把这些文字变成真正意义的书，放在我面前，星散在一些书店里。这些文字毕竟带着我的体温，记载下了我的情感与思考，散发着我的生命的讯息。但我同时知道，当它们成为书，命运一定好不到哪里：不会有多少读者，绝大多数蒙上灰尘，无人问津；用不了多久，就变成废纸被运往造纸厂。我之前已经出版过十本书了，除了敝帚自珍、码在房间里的那部分以外，有多少能到读者手里，又有几个读者愿意认真读完呢？如果真是这样，世间的废品本来就够多了，何必再去增添！

可是，我就该把它们搁放在电脑中，存储在U盘里，让它们永远不见天日吗？

是的，如果我对自己有信心，并且有更大的追求，就应该把这些文字放在"抽屉"里，仅仅作为纪念而存在。可是，我知道，我只是一个业余写作者，从未奢望自己的文字有一天横空出世，一鸣惊人。我写作，主要是因为喜欢，多年而成为习惯，成为生活方式，抵御外物，安妥自己，大抵如此而已。我当然也希望有小众的读者，分享我的文字和生活，如此便以为，卑微的生命也可多一分美丽。

有的人一边写作，也会一边向人推销他的作品，只要推销的方式不恶心到别人，我看也没什么不好。可是，我自己却绝不愿这样。我还是想，桃李无言，下自成蹊，文字果真好了，自己会生出翅膀。不止一次有人相劝：酒香也怕巷子深呢！光是闷着头写便只能自娱自乐。说什么呢？他也许说得对，可是，有谁比我更了解自己？如果分明知道自己的文字只适合很少的人，却满世界去吆喝，不显得非常可笑吗？况且，那些满世界吆喝赚到了一点声名的人，真的会有许多人因此信任他的文字吗？声名也许可以营销，文字却不可以，它自己会慢慢赢得人心，如果不是这样，只能说明，这些文字还不够强大。那么，就让我的文字像野花一样悄然而生、寂然而灭吧！

我常常想，我便是那乡下的手艺人，安静而耐心细致地制作着自己的手工艺品，每完成一件，自己赏心悦目，心满意足，不也就足够了吗？是的，这些作品，也许没有机会登到大雅之堂，也从不打算取悦众人，但它们的存在，不也挺美好吗？如果再有三五个真心欣赏的人，不也可以欣慰了吗？

如此一想，写下的文字，还得把它变成书，否则就像个半成品。

多年下来，我有了洁癖，我希望我的书干净一些，白纸黑字，带泥沾血，有温度，有良心，还有一点点自己的生命味道。

我写了这么多年，非但没挣到版税，自己还添了不少钱，真的有点惭愧。好在我的家人并没有因此阻挠我，更没有为此嘲笑我，其他人怎么看，也就无所谓了。可有人如果因此同情我，那就错了！这么多年，我从来没求助过一个熟人，没有连累过一个朋友，更耻于假公济私地推销。所有的书，要么由出版社销售，要么由我有选择地免费送人，绝不收任何个人的赞助。我已衣食无忧很多年，出版几本书，也算满足自己可怜的虚荣心。

这册中收录的分行文字，跨度在二十年以上，有的现在看起来，稚嫩得有点不忍卒读，但我还是保留下来，谁没稚嫩过呢？二十多年，我跑了一些地方，随之写下这些聊以纪念的文字，倘若它们算不得一个人的"诗歌地理"，就算"大块假我以文章"的微薄回馈吧！

图书在版编目（ＣＩＰ）数据

长安寻马 / 张怀帆著. -- 武汉：长江文艺出版社，
2019.6
ISBN 978-7-5354-9863-2

Ⅰ. ①长… Ⅱ. ①张… Ⅲ. ①诗集－中国－当代
Ⅳ. ①I227

中国版本图书馆 CIP 数据核字(2018)第 277322 号

责任编辑：朱 焱 谈 骁 责任校对：毛 娟
封面设计：白 果 责任印制：邱 莉 王光兴

出版：长江出版传媒 长江文艺出版社
地址：武汉市雄楚大街 268 号 邮编：430070
发行：长江文艺出版社
http://www.cjlap.com
印刷：武汉市首壹印务有限公司

开本：880 毫米×1230 毫米 1/32 印张：8.25 插页：2 页
版次：2019 年 6 月第 1 版 2019 年 6 月第 1 次印刷
行数：5486 行

定价：36.00 元